KB073594

내 영혼이 자유로워지는 글멍을

_____ 님께

선물합니다.

자신을 존중하나요?

만월 도전 에세이

글멍,
내가
자유로워지다

내영혼의 아침밥상

"내 맘대로 할 거야!" 서너 살 아이도 자기 마음대로 하려고 의사 표현을 합니다. 인간에게는 마음을 표현하고 마음대로 행동하고 싶은 본능이 있습니다. 하지만 마음대로 살고 싶은 그 마음이 어떤 마음인지 스스로 점검해 봐야 합니다.

마음을 숫자로 세어본다면 몇 개나 될까요? 하루에도 수십 번씩 바뀌는 마음을 길로 표현한다면 얼마나 많은 갈래의 길이 나타날까요? 그렇게 많은 마음 중에 진짜 내 마음은 어떻게 알 수 있을까요?

마음에는 여러 생각과 감정, 의식들이 자리하고 있습니다. 마음을 본다, 알아간다, 느낀다는 것은 진짜 마음을 찾아가는 과정입니다. 평소에 내면의 자신과 대화를 많이 하는 사람은 자신의 진짜 마음을 금방 알아채지만 "너는 마음이 어떤데?"라고 물었을 때 "나도 내 마음을 잘 모르겠어."라고 대답한다면 진짜 내 마음을 모르는 거지요.

진짜 마음은 꺾이지 않고 변하지 않는 마음입니다. 바로 '중심中心' 그것을 가리켜 삶의 가치관, 신념이라고 합니다.

제가 1000일 기도를 하게 된 것도 신념 때문이었습니다. 코로나 팬데믹이 한창이던 2020년 5월 지구에 모든 생명과 인류의 영적 성장을 위한 1000일의 약속을 하고 기도를 시작했습니다. 1000일의 시간 동안 많은 분들이 동참해 주셨고 시간이 지날수록 사람에 대한 믿음과 세상을 사랑하는 마음은 더 커져갔습니다.

1000일 기도 동안 느낀 것을 메시지와 그림에 담아 매주 SNS에 올렸고 그때 올린 글 중에서 많은 분이 공감해주신 내용들로 책을 엮었습니다. 여기에 수록된 글과 그림이 바로 그것입니다.

함께 기도하는 분들의 마음도 궁금하여 메시지 말미에 질문도 드렸는데, 올려주신 답변을 보며 소통하는 귀한 시간이 되었고 질문은 저의 내면을 비추어주는 좋은 거울이 되어 주었습니다.

거울도 깨끗해야 잘 보이는 것처럼 마음도 고요하면 더 잘 보입니다. 안개가 자욱한 것 같은 심란한 상태에서는 진짜 마음을 볼 수 없습니다. 그러면 어떻게 해야 할까요?

타오르는 불을 가만히 바라보는 '불멍'을 하다 보면 주위의 것들은 사라지고 그냥 불꽃만 바라보게 됩니다. '글멍' 또한 글에 몰입하다 보면 잡념과 상념들이 사라지고 내 마음의 중심이 보이기 시작합니다.

마음의 중심 찾기를 0점 회복이라고 합니다. 0점은 어느 한쪽에 치우치지 않는 조화점이며 분노, 짜증, 죄의식, 수치심이 정화되어 본연의 밝은 마음을 회복한 마음입니다. 과거의 후회에 묶여 있지 않은지, 미래의 두려움에 갇혀 있지 않은지 점검하고 매일 중심을 만나야 합니다. 그러면 평정심을 유지하며 살아갈 수 있을 것입니다.

삶은 선택의 연속입니다. 어떤 선택을 하느냐에 따

라 인생은 달라집니다. 살리는 순간이나 포기하려는 순간에도 중심이 있어야 합니다. 그래야 찰나의 순간을 놓치지 않고 잘 선택할 수 있습니다. 여기 수록된 글멍의 내용을 일상에서 적용해보고 스스로에게 질문하면서 마음의 저울을 0점으로 맞추는 시간을 가져보시길 바랍니다. 참나를 알아가는 기쁨이 커질 겁니다. 또한 밝고 강한 나를 만나는 즐거움도 느낄 것입니다.

자기만의 글멍을 만들어 보세요. 나의 진짜 마음을 알아채게 될 것입니다.

단기 4356년(2023) 5월

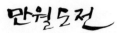

목
차

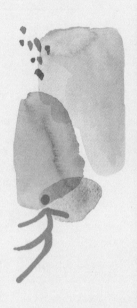

제 3 장　　　　　내면을 비추는 글
멍

제 4 장　　　동그란 의식　글멍

제 1 장

글
멍

기분 좋은

여행 좋아하십니까?

저도 자연과 만나는 여행을 좋아합니다.

여는 글 /

　여행 좋아하십니까? 일상을 떠나 아름다운 풍광을 보고 좋은 사람들과 맛있는 음식을 먹으며 새로운 경험을 하면 절로 기분이 좋아집니다. 기분이 좋다는 것은 기운의 분배가 조화롭다는 의미인데요. 한자로 보면 '기운 기氣' '나눌 분分'입니다. 우리의 몸과 마음은 기운이 골고루 분포되어 있을 때 좋다고 느낍니다.

　자연 속에 있으면 기분이 좋아집니다. 완전한 생태계 자연 속에서 명상을 하면 어느 순간 자연과 하나 된 느낌을 받습니다. 스스로 규정 지어놓은 나라는 틀에서 벗어나 본래의 나를 만나고 충만해집니다. 그래서

사람들이 힐링하고 새로운 기운을 받기 위해 자연으로
여행을 가는가 봅니다.

사람이 자연을 좋아하는 이유가 더 있습니다. 바로
에너지 쟁탈전을 하지 않아도 되기 때문입니다. 사회
생활에서는 성공하려면 쟁탈을 해야 하는 구조입니다.
뺏기지 않으려 긴장해야 하고 자신도 모르게 에너지를
더 가져오려 애씁니다. 그러다 보니 내 안의 자연스러
움을 자꾸 잊어버리게 되죠.

자연은 온전한 품입니다. 기운의 분포가 조화롭고
완벽한 환경이 자연이기에 자연과 함께 살아가는 삶의

방식이 필요합니다. 분리감은 사람을 불안하게 하지만 하나 됨은 충전하게 합니다. 자연이 나이고 내가 자연이라는 느낌으로 숨을 쉬면 몸 구석구석에 활력이 생기고 허기진 영혼을 당당하고 충만하게 해줍니다.

인간은 자연을 떠나서 살 수 없습니다. 인간은 자연의 일부입니다. 그리고 돌아가야 할 자리이기도 합니다. 제1장 기분이 좋아지는 글멍에서 자연을 만나 몸과 영혼에 좋은 기분 가득 채우시기 바랍니다.

도망가도 괜찮아

"도망가자, 어디든 가야 할 것만 같아."라고 시작되는 노래가 있습니다. 현실의 어려움을 벗어나 자유롭게 떠나고 싶다는 내용인가 짐작하는 순간, 후렴에서 반전이 펼쳐집니다.

"돌아오자. 씩씩하게. 지쳐도 돼. 내가 안아줄게. 괜찮아. 좀 느려도 천천히 걸어도." 도망가고 싶을 만큼 힘들어하는 사람들에게 오히려 위로를 건네는 노래구나! 그 마음이 전해져 위안 받은 적이 있습니다.

도망가고 싶은 현실은 누구에게나 있습니다. 해야 할 일들, 완벽하게 해내야 한다는 압박감, 풀리지 않는 문제들, 실패할지도 모른다는 두려움, 무의미하게 반복되는 지루함...

이런 상황에 매몰되어 있으면 도저히 해답이 보이지 않지요. 그래서 새로운 공간에서 새로운 체험을 통해 삶에 활력을 얻고 의식을 확장할 수 있습니다. 새로운 눈으로, 열린 의식으로 바라보면 의외의 곳에서 해답을 찾아 다시 일상으로 씩씩하게 돌아올 힘을 얻기도 합니다.

제가 알고 있는 최고의 '도망'은 자연 명상입니다. 봄날 숲속에 가득 퍼져있는 새 생명들의 속삭임이 귀를 간질이고 새 소리, 바람 소리 모두 싱그럽게 다가옵니다. 새롭게 열리는 감각에 나도 모르는 미소가 지어지고 내쉬는 숨과 함께 어깨가 털썩 내려앉으며 마음이 편안해집니다. 자연이 주는 축복이 나를 일깨워 줍니다.

자연 명상은 새로운 나를 만나 다시 삶터로 돌아갈 수 있는 용기를 주고 진실한 나를 만나는 시간을 만들어 줍니다. 지나온 시간에 정직해지고 다가올 미래에 새로운 열정을 샘솟게 합니다. 그 무엇보다 생명이 소중하다는 것을 새삼 깨닫습니다. 다시 돌아갈 곳이 있다는 사실에 감사할 줄 알게 합니다.

도망가고 싶을 만큼 어려움에 맞닥뜨렸을 때 어떻게 스스로 격려하고 계시는지요?

숲이 주는 영혼의 안식

아름드리나무가 울창한 아름다운 숲에 서 있다고 상상해 봅니다. 감탄이 터져 나올 만큼 멋진 풍경입니다. 공기까지 신선하고 향기로우며 자연스럽게 양팔을 벌려 심호흡을 합니다. 숨을 끝까지 내쉬고 다시 깊게 들이마십니다. 숨 쉬는 것만으로도 몸은 이완되고 마음은 한결 편안해집니다.

숨으로 온전히 내려놓고 새롭게 채우기를 반복합니다. 하루 동안 쌓였을 피로와 스트레스가 숨과 함께 빠져나가는 것을 상상하며 숨을 깊이 들이마시고 내쉽니다. 심호흡만 해도 몸이 가벼워지는 게 느껴지지 않나요?

이제 숲속에 사는 생명들과 함께 사뿐사뿐 숲속을 걸어봅니다. 어느새 입가에 편안한 미소가 맺히고, 콧노

래를 흥얼거릴지도 모릅니다. 경계와 긴장을 모두 내려
놓고 숲속을 천천히 걸어봅니다. 찰나의 순간이라고 느
껴질 수도 있고, 영원처럼 느긋한 시간일 수도 있습니다.

나무가 대자연의 에너지를 흠뻑 빨아들이듯이 숨
을 통해 본래의 건강을 회복합니다. 부족한 곳은 채워
지고 아픈 곳은 치유되며 어두운 곳은 사라질 수 있도
록 마음속으로 말해주세요.

'감사합니다. 감사합니다. 감사합니다.'

숲속 명상은 영혼을 힐링하고 안식을 취하게 합니
다. 시간 가는 줄 모르고 명상을 하다 보면 나도 숲의
일부가 됩니다. 함께 어우러져 아름다운 존재가 됩니다.
아름다운 숲을 만난 적이 있나요? 그때의 감각을
더듬어 일상에서도 숲속 명상으로 평온한 시간을 가지
시길 바랍니다.

피는 꽃마다 사랑스럽다

차가운 바람 속에 서둘러 봄꽃이 피었길래 기쁜 마음으로 사진을 찍었습니다. 두 달쯤 지나 보니 벌써 올망졸망 열매가 달렸습니다. 꽃이 사라진 자리에 달린 열매는 생명의 기적이고 보물이었습니다. '아, 이렇게 탐스러운 열매를 만들려고 꽃이 그렇게 열심히 피었던 거구나!'

피는 꽃마다 사랑스럽습니다. 모든 꽃이 저마다의 자리에서 비도 바람도 따가운 햇살도 온전히 받는 것은 제때에 열매를 맺으리라는 목적과 생명에 대한 믿음 때문이겠지요. 그래서 모든 꽃은 정말 사랑스럽습니다.

사람도 마찬가지입니다. 삶의 목적과 가치를 알고

가는 사람은 멋지고 아름답습니다. 삶의 목적과 생명의
가치를 스스로 되새기고 점검해 보는 시간을 가져야겠
습니다.

여러분 삶에 사랑스러운 꽃이 피었는지요?

자연 명상

신선의 '선仙'자를 풀이해보면 '사람人'과 '산山'이 함께 있습니다. 사람과 자연이 하나 된 조화로운 상태를 '선仙'이라고 합니다. 옛 선조들은 명산대천名山大川을 찾아다니며 호연지기를 기르는 수도를 하였는데 바로 대자연의 기운을 받으며 몸과 마음을 닦은 것입니다.

자연에서 좋은 기운을 받는 첫 번째 방법은 입을 열어야 합니다. 멋진 자연을 보면 "아~좋다!"라는 감탄사가 절로 나오는데 자연과 교감이 일어나면서 마음이 열리는 신호입니다. 마음을 여는 핵심은 '감사'입니다. 감사는 인사가 아니라 내 마음의 문을 여는 주문과도 같습니다.

바람이 불면 '감사하게도 시원한 바람이 불어주는 구나!' 이렇게 '감사합니다'라고 말하는 순간 마음의 빗장이 풀리며 편안해지는 느낌이 듭니다. 몸과 마음은 하나로 연결되어 있기에 마음의 문을 열면 몸의 문도 열리는 것입니다.

두 번째는 자연의 에너지를 호흡으로 느끼는 것입니다. 호흡을 통해 생명의 기운이 들어오고 근원과 연결이 되면 몸의 아랫배를 중심으로 생명의 기운이 점점 차오르는 걸 느낄 수 있습니다. 우리가 몸과 마음의 문을 열어놓고 제대로 기운을 받는다면 기운 충만하게 살아갈 겁니다.

산과 바다, 나무 등의 모든 생명체가 인간에게 생명의 기운을 주고 있습니다. 마음의 문을 열면 자연이 내 삶 속으로 들어오고 내가 자연과 하나 될 수 있습니다. 자연은 매 순간 생명을 살리고 깨우고 새로운 에너지로 채워주려 합니다. 내가 마음을 닫고 있어서 느끼지 못했을 뿐입니다. 마음의 문을 열면 자연과 에너지를 주고받을 수 있습니다.

자연 명상은 생활 속에서 쉽게 할 수 있습니다. 가까운 공원이나 숲을 찾아 두 눈을 감고 내 몸을 가만히 바라보세요. 무겁고 아픈 곳이 느껴지면 불어오는 바람결에 다 흘려보낸다고 상상합니다. 불어오는 바람에 감사하며 내 안이 맑고 시원해질 때까지 호흡을 해보세요. 어느 순간 맑고 가벼워지고 청량해진 자신의 몸을 느낄 수 있을 겁니다.

마음을 열고 대자연의 기운을 받은 나는 어떤 모습일까요?

붉은 노을 빛 명상

해질녘 금강 주변을 산책하다 잠시 걸음을 멈추고 명상을 하였습니다. 멀리 산 너머 붉은 태양이 일렁이는 강물에 투사되어 빛 명상하기에는 안성맞춤이었습니다. 아침에 떠오르는 태양과 저녁에 저무는 태양은 바라보는 마음에 따라 다르게 와 닿습니다. 떠오르는 태양이 꿈과 미래를 비추어 의지를 북돋우는 희망의 빛이라면, 저무는 태양은 지금 그대로의 나를 마주할 수 있는 용기를 내게 합니다.

바람은 넉넉하게 불어오고 멈춤 없이 흐르는 강물을 바라보고 있자니 살아왔던 시간 속에서 만난 사랑하는 사람들이 떠오릅니다. 그리고 모두에 대한 감사의 마음이 노을보다 더 빠르게 제 마음에 번져 갑니다.

세상 모든 것을 축복하듯 마지막까지 최선을 다해 생명의 빛을 나누는 태양을 보며 '나는 오늘 무엇을 위해 살았나? 최선은 다했나? 함께 하는 이들에게 감사의 마음은 전하였나?' 스스로 질문해 봅니다.

대답을 찾기에 조급해하는 나에게 강물은 일렁이는 노을빛으로 응원해 줍니다.

'괜찮아. 충분해. 사랑해.'

지는 해를 바라보며 자신에게 어떤 응원의 메시지를 보내시는지 궁금합니다.

물멍으로
묵은 감정 흘려보내자

요즘엔 '불멍', '물멍'이 유행이라고 합니다. 모닥불이나 촛불 앞에 앉아서 멍하니 불을 바라보는 게 불멍. 강이나 바다에서 흐르는 물을 멍하니 바라보는 게 물멍.

생활 속에서 쉽게 할 수 있는 명상을 귀엽게 표현한 것 같아서 좋습니다. 저도 오늘 냇가에 앉아 잠시 물멍을 해보았습니다. 냇물은 계속 흐르고 있기에 지금 내가 보고 있는 물은 좀 전에 그 물이 아닙니다. 자리는 같지만 새로운 물이 흘러와서 채워지고 또 흘러갑니다.

사람 마음도 그렇지요. 이미 지나간 감정인데, 같은 감정에 머물고 싶어 합니다. 물을 바라보다가 나지막이

혼잣말을 해봅니다. '감정은 물처럼 흘러가는 거니까 흘러가게 내버려 두자. 집착하지 말자.'

그리고 내쉬는 호흡에 집중하여 내 안의 감정들을 물처럼 가만히 흘려보냅니다. 상상을 더해 흐르는 물에 감정으로 얼룩진 마음을 씻어봅니다. 점점 숨이 아래로 내려가고, 몸이 가벼워지고 머릿속은 비워집니다.

"열 길 물속은 알아도 한 길 사람 속은 모른다."는 속담에 '한 길'은 일반적으로 한 사람 키 정도를 말하는 길이 단위였다고 하니, '열 길'이면 사람 키의 열 배쯤 되는 길이입니다. 그만큼 사람의 속마음을 알기 어렵다는 뜻으로 쓰입니다. 오늘은 물멍으로 알 길 없는 사람 속이 개운해집니다.

흐르는 물에 흘려보내고 싶은 묵은 감정이 있나요?

바다 같은 사랑이 될게

바다는 늘 그 자리에 있는 것처럼 보이지만 '해류'라는 큰 흐름을 따라 쉼 없이 흐르며 순환하고 있습니다. 태양과 바람에서 받은 에너지를 안고 깊은 물길을 따라 달리면서 날씨를 만들고, 생명을 살게 하는 바탕이 되어왔던 거지요.

거대한 바다는 자연의 법칙과 질서에 따라 에너지를 받고 나누는 것을 한시도 멈춘 적이 없습니다. 그 바다 위로 파도는 끊임없이 넘실대고, 태양을 삼켰다 뱉기를 거듭하면서 어제도 오늘도 내일도 지구를 감싸 안고 있습니다.

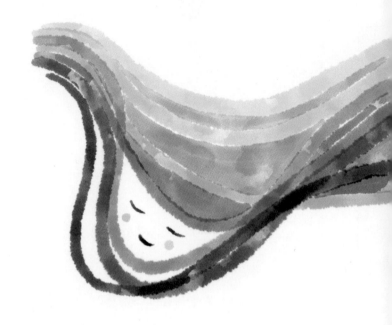

늘 그 자리에 있는 것처럼 보이나 쉼 없이 움직이는 바다를 보면서 유난스럽지 않으면서도, 한결같이 믿고 응원하는 큰 사랑을 배웁니다.

여러분도 바다 같은 큰 사랑 안에서 충만한 기쁨을 나누고 계시는지요?

자연 명상하는 법

자연을 가까이하면 몸과 마음이 진정되고 편안함을 느낄 수 있습니다. 많은 사람이 자연을 찾는 이유 중 하나가 이런 효과를 알기 때문이라 여겨집니다. 자연의 생명력과 경이로움을 마주하는 것만으로도 존재의 가치를 일깨울 수 있습니다. 더 나아가 감사하는 마음으로 살아갈 수 있는 새로운 힘을 안겨줍니다.

내면에 몰입을 심화시켜 근원과 연결되는 자연 명상법을 안내해 드립니다.

1 / 자연 속에서 평온한 장소를 찾아 편히 앉습니다.

2 / 크게 심호흡을 하며 주변의 풍경과 소리, 향기에
   집중해 봅니다.

3 / 그중 한 가지에 집중해도 좋습니다.
   집중하면 산만했던 생각이나 불안한 감정이 점점
   사라집니다.

4 / 집중이 흐트러지면 다시 크게 심호흡을 합니다.

5 / 몰입이 잘 되면 몸을 천천히 움직여보거나
   걸어보세요. 자연과 내가 연결되는 느낌이 더욱 커질
   겁니다.

6 / 명상을 마무리할 때 가볍게 숨을 들이마시고
   내쉽니다.

꽃은 지는 것을
두려워하지 않는다

　사람들이 말린다고 겨울이 안 올까요? 재촉하면 봄이 빨리 오나요? 자연은 순리에 맞춰 꽃이 피고 아무리 예쁜 꽃도 때가 되면 지기 마련입니다.

　꽃은 왜 예쁠까요? 질 것을 두려워하지 않기 때문입니다. 예쁘게 피었다가 땅에 떨어질 것을 뻔히 알면서도 두려워하지 않고 열렬하게 피어나기에 피어나는 그 순간이 찬란하게 빛나는 것입니다. 지는 걸 두려워하지 않는 그 기개에 아름답다고 찬사를 보내는 것입니다.

　진짜 멋진 사람은 어떤 사람일까요? 혹시 손해 볼까 전전긍긍하지 않고 인간다움을 능동적으로 실천하는 사람을 보면 정말 멋지다고 합니다. 인간도 두려움 없이 살아갈 때 아름다움과 멋짐이 뿜어져 나옵니다.

자연은 무정하고 무심하지만, 무질서하지는 않습니다. 완벽한 질서입니다. 모든 인간은 하늘에서 나왔고 인간으로 살다가 땅으로 돌아갑니다. 육신만 땅으로 돌아가는 것이 아니라 나를 이루고 있는 모든 것이 무정하고 무심한 이치대로 돌아가는 겁니다.

자연을 통해 무정하고 무심하지만 완전한 질서를 체율체득體律體得할 수 있습니다. 사라짐을 두려워하지 않는 기개를 배우고 순응할 줄 아는 지혜로움을 배웁니다. 자연은 인간에게 큰 스승입니다.

여러분 인생의 꽃도 두려움 없이 피어나고 있나요?

나를 회복하는 산책길

일과를 마치고 해 질 녘에 강가로 산책을 나섭니다. 목, 어깨, 허리, 무릎, 뻑뻑하던 관절들이 걷는 동안 금세 온기가 돌고 걸음에 익숙해지면 숨도 깊게 쉬어집니다. 흐르는 강물을 따라 걷고, 하늘을 올려다보며 멈추기를 반복하니 하루의 피로가 싹 씻어집니다.

걸으면서는 살아있음에 감사하고, 멈춰 서면 자연의 경이로움에 감사합니다. 걸을수록 마음은 정갈해지고 머릿속은 명쾌해집니다. 몸의 장기 속에 숨어있던 탁한 기운들이 모두 빠져나간 것처럼 눈앞이 환해집니다.

본래의 밝은 나를 회복합니다. 강물과 함께 걷고 하늘과 함께 호흡하면서 자연의 일부가 되고, 전체 속에서 빛나는 개체임을 깨우칩니다.

강가를 산책하며 하루를 갈무리하는 시간은 자연의 순리에 눈뜨는 명상의 시간입니다. 인간을 위한 자연이 아니라, 자연 그 자체로 모든 생명의 어머니이구나. 나 또한 자연의 위대함을 만드는 중요한 퍼즐 한 조각이구나. 성찰은 나와 자연을 깊게 연결해 줍니다.

여러분의 산책길은 어떤 발견과 깨우침이 있는지요?

달님에게 위로받는 밤

문득 올려다본 하늘에 둥실 떠 있는 달님과 눈이 마주쳤습니다. 아! 달님! 달님이 살포시 어깨를 감싸며 건네는 달빛 위로에 뭉클! 눈시울이 뜨거워집니다.

뜨겁게 타오르는 해님의 열정을 쫓던 낮이 저물고, 까만 밤하늘, 반짝이는 별 하나에 희망을 찾으려다 둥실 떠오른 희뿌연 달님에게 먼저 위로받습니다.

어스름 밤길을 터벅터벅 걸어가는 발걸음마다 오늘 마주했던 힘겨운 일들과 만족스럽지 않은 결과가 발걸음을 붙잡습니다. 힘겨웠던 마음을 꾹꾹 눌러 밟던 나에게 아무런 말없이 따라오며 고요한 위로를 건

네는 달님! 달빛이 '최선을 다했으니 기특하다.' 다독여
줍니다.

　　달의 위로는 나를 무너지지 않게 합니다.
　　달의 위로는 나의 최선을 당당하게 합니다.
　　달의 위로는 내일을 다시 꿈꾸게 합니다.

뜨거운 열정 덕분에 달님에게 받는 달달한 위로! 그것은 희망과 함께 하는 빛나는 위로가 아닐까요?

여러분도 달님과 함께 스스로 다독이며 충만한 하루가 되면 좋겠습니다.

,

한 송이 들꽃에서
찾는 희망

"와~! 벚꽃이 피었네! 개나리! 목련도!" 따뜻한 봄
햇살 받으며 곳곳에 피어난 예쁜 꽃들을 보니, 어느새
저의 입가에도 봄꽃 같은 미소가 피어납니다.

꽃이 예뻐 마음이 좋아지는 걸까요? 환한 마음이
있어 예쁜 꽃이 눈에 들어오는 걸까요? 딱히 선, 후를
정할 일은 아니지만, 저는 환한 마음 만드는 노력을 먼
저 하겠습니다. 온 천지에 가득한 꽃을 보고서야 마음
이 좋아질지, 한 송이 들꽃만으로도 희망에 찬 환한
마음이 될지는 스스로 선택할 수 있습니다.

선택은 모든 것을 다 열 수 있는 황금열쇠와 같습니다. 그 황금열쇠가 나에게 있다는 건 정말 축복스러운 일입니다. 황금열쇠를 잘 활용하고 있는지 봄꽃들을 보면서 물어봅니다.

여러분은 황금열쇠를 잘 활용해서 상황을 바꿔 본 경험이 있나요?

내 인생의 장마철

지루하게 이어지는 장맛비가 잠시 그쳤습니다. 이 순간을 얼마나 기다렸던지요! 얼른 운동화를 챙겨 신고 산책을 나섰습니다. 여전히 구름이 두껍게 덮고 있지만 오랜 비로 씻겨진 허공을 가르며 걸으니 금세 즐거워졌습니다. 걷다가 눈을 들어 하늘을 보니 구름이 물러선 자리에 말간 푸른 하늘 한 자락이 보입니다.

"와! 푸른 하늘이다!"

허공 속에 양손을 휘저어 반가움을 표현해봅니다.

비가 내리는 날도, 구름이 잔뜩 덮인 날도 분명 그 위에는 파란 하늘과 쨍한 햇볕이 있었을 겁니다. 비,

구름에 가려 내 눈에 파란 하늘이 보이지 않았던 거지요.

우리 삶에도 고단한 상황이나 어려운 문제들이 먹구름같이 겹겹이 덮여서 도저히 감당하지 못할 것 같은 날이 있습니다. 한 가닥의 희망도 보이지 않는 날, 근심, 걱정 먹구름이 잔뜩 끼어서 본래의 밝은 마음이 보이지 않을 때가 있습니다. 지금 내 눈에 보이지 않아도 구름 뒤에 가려진 하늘이 있다는 걸 믿고 기다리며 끝없이 희망하는 것! 내 인생의 장마철을 잘 견뎌내는 하나의 방법이 되지 않을까요?

여러분 인생의 하늘에도 먹구름이 잔뜩 덮인 날에 어떤 마음으로 기다리고 견뎌냈는지 궁금합니다.

칼바람을 견디는 겨울나무

겨울나무는 물을 아주 조금만 먹고 최소한의 생장을 유지합니다. 그렇게 함으로써 혹한의 칼바람도 견디고 땅속 깊이 내린 뿌리를 지켜냅니다.

밤새 꽝꽝 얼어버린 강물 위로 키 낮은 겨울 햇살이 반짝이며 부서집니다. 가까이 가서 귀를 기울이면 매서운 바람 사이사이 두꺼운 얼음 아래로 멈추지 않고 흐르는 물소리가 들립니다. 산에 쌓인 눈 또한 아름답습니다. 먼저 쌓인 흰 눈이 녹기도 전에 또 눈이 쌓였는데 산은 꿈쩍도 않고 그 자리에 서서 온 품을 열고 햇볕을 받습니다.

오늘도 산책길에서 만나는 자연은 참 위대한 화두로 다가옵니다. 상황과 현상을 탓하기보다 지금 내가 할 수 있는 것을 선택합니다. 그리고 순리대로 살아 숨쉬고, 이치에 따라 지금의 계절을 살아가며, 또 다음을 준비하고 있습니다.

여러분은 지금 무엇을 선택하고 어떤 다음을 준비하는지 궁금합니다.

글명
수첩

물소리 치유 명상

인간을 순리대로 살게 하는 무한한 힘이 자연에는 있습니다. 생명 에너지로 가득 찬 자연을 그저 바라보고 귀를 열어 자연의 소리를 듣는 것만으로도 인간 본래의 생명력을 회복하게 합니다. 몸과 마음이 정화되는 물소리 치유 명상을 안내해 드립니다.

... ○ ...

1 / 자세를 편안히 하고 자신의 숨을 느껴보세요.
   숨을 느끼는 것만으로도 몸이 이완됩니다.

2 / 입가에 미소를 머금고 어깨는 힘을 빼서 아래로
   내려줍니다.

3 / 깊은 산속 맑은 계곡 자락에 누워있는 자신을
상상합니다.

4 / 흐르는 물소리와 함께 내 몸의 무겁고 탁한 기운이
씻겨 내려가는 것을 상상합니다.

5 / 물소리에 나의 몸과 마음이 치유될 수 있도록
마음속으로 말해주길 바랍니다.
'괜찮다, 괜찮다, 괜찮아질 것이다.'

6 / 양손을 아랫배 단전에 모읍니다. 단전으로 따뜻한
물줄기가 모인다고 상상합니다.
아랫배가 따뜻해지면서 몸과 마음이 아무 걱정 없이
평온해집니다.

7 / 가볍게 숨을 들이마시고 내쉬며 명상을 마무리합니다.

 <만월도전 선도명상> 채널
'10분 물소리 치유 선도명상' 영상

사막에도 꽃이 핀다

사막에도 비가 내립니다.

만지면 비스킷처럼 부서질 것 같은 바위와 가시로 만든 것 같은 뾰족한 나무들, 그 사이로 내리는 비는 생경한 풍경을 만듭니다. 흩날리는 빗방울이 대지를 식히고, 나무에도 생기를 불어넣습니다. 허허로운 땅에 생명수가 내립니다.

사막에도 꽃이 핍니다.

이렇게 여린 꽃잎으로 사막의 한여름을 견뎌낼 수 있을까, 어리석은 나그네의 의심을 가벼이 흘려 웃듯 바람결에 반짝거리는 별처럼 하늘하늘 힐링의 손짓을 합니다.

사막에 내리는 비를 맞으며 피어난 야생화를 바라보는 나의 시선이 새로워집니다. 사막은 메마르고 건조한 땅이 아니라, 무엇이든 품어주고 견뎌내며 생명을 키워내는 사랑의 대지입니다.

척박한 땅에서 태어난 이 생명들이 더욱 소중하게 느껴집니다. 나에게 주어진 땅이 옥토인지 사막인지 고르는 것에만 열중하고 있지는 않으십니까? 어떤 땅일지라도 함께 하는 소중한 인연들을 온전히 사랑해야겠습니다. 지금 할 수 있는 모든 힘을 다해서!

여러분의 땅에도 생명수가 내리고 들꽃이 만발하는지 궁금합니다.

지금 나에게 불어오는 바람

바람이 많이 부는 날!

바람 부는 소리에 무심히 귀 기울입니다. 치열한 삶을 살았던 어느 시인의 시 속에서 바람은 풀을 눕히고 풀을 울게 만드는 거센 압력으로 표현됩니다.

'Wind of change' 어느 외국 가수의 노래 속에서 바람은 시대의 거대한 변화를 느끼게 하는 적절한 이미지가 됩니다.

또, 돛단배를 움직이게 하고 풍차를 돌리는 신통한 바람도 있지요. 열심히 일하고 운동하는 사람의 이마에 흐르는 땀을 씻어주는 고마운 바람도 있으며, 청춘의 가슴에 봄이 왔다고 알리는 살랑살랑 봄바람도 있습니다.

우리 삶에도 바람이 붑니다. 모질게 부는 바람이 너무 야속해서 이제 그만 그쳤으면 할 때도 있었고, 멈추지 말라고, 더 강해지라고 하듯이 불어오는 바람에 다시 한 번 힘을 낼 때도 있었고, 어디선가 불어오는 바람 한 자락에 겨우 숨이 쉬어지는 먹먹한 날도 있었습니다.

바람 많이 부는 오늘, 새삼 물어봅니다. 지금 나에게 어떤 바람이 불고 있나!

당신에게는 지금 어떤 바람이 불어오나요?

하늘은 바람의 놀이터

하늘은 바람의 놀이터
푸른빛 넓은 허공에 이리저리 몰려다니며
구름을 흩어 놓습니다.

바람과 구름이 노니는 새
하늘은 아름답고 멋있어집니다.

바람 등쌀에 못 이겨 꽃잎이 떨어지고
바람 덕분에 춤추듯 살포시 땅에 내려앉습니다.

강물은 웃으며 지나가고
하얀 낮달이 살며시 나와 이 모두를 지켜보고 있습니다.

당신에게는 지금 어떤 바람이 불어오나요?

다만 스쳐가는 구름일 뿐

구름은 각양각색의 모양과 질감으로 하늘의 표정을 만듭니다. 만화 영화의 한 장면처럼 뭉글뭉글 피어올라 미소 지을 때도 있고, 먹색의 무거운 바위처럼 천지를 누르는 두려움을 주기도 합니다.

우리 인생도 구름이 만드는 표정과 같지 않을까요? 뭉게구름처럼 모든 걸 다 품어 안아주듯 포근하고 편안한 날이 있는 반면 천둥번개 치는 먹구름처럼 천지 사방에 빛줄기 하나 없이 주위 사람들의 마음까지 잿빛으로 뒤덮어버릴 때도 있습니다.

구름이 만드는 그 어떤 표정도 하늘에서 펼쳐지는

하나의 현상인 것처럼 세상사 많은 것들이 일어났다가 사라지지만 인생은 그냥 계속되는 것입니다.

상황이 전부라고 여기고 상처를 주고받으며 아파하기보다는 변하지 않는 가치를 깨우쳐 그것을 실현하는 인생이 되길 원합니다. 구름 너머 하늘의 본바탕은 변함없듯, 인간의 본성도 그러합니다.

여러분은 어떤 상황에 닥쳤을 때, 스쳐가는 구름이 만드는 상황이라고 느꼈던 적이 있었는지 궁금합니다.

용변부동본

하늘이 높아지고, 바람이 가벼워지더니 어느새 단풍이 물들기 시작합니다. 계절이 변하는 한가운데 나무가 서 있습니다.

"용변부동본 用變不動本
쓰임이 달라질 뿐 근본 모습 변함없다."

한민족의 오랜 경전, 천부경의 한 구절입니다. 한 자리에 뿌리내린 나무의 근본은 변함이 없습니다. 다만, 계절이 변하는 동안 나무는 새잎을 내고 꽃을 피우고 열매를 맺고 다시 잎을 떨구며, 쉬지 않고 변해가는 자연스러운 모든 순간이 조화롭고 아름답습니다. 우리

몸과 감정은 세월을 따라 변해가지만, 생명의 근본이
되는 본래의 마음은 늘 그 자리에서 믿어주고 사랑해
주어야 합니다.

그러면 변화를 두려워하는 것이 아니라, 성장의 기
회로 받아들일 수 있습니다. 계절 따라 변하는 자연을
바라보면서 변하지 않는 것에 대한 사색이 더욱더 깊어
집니다. 변해야 하는 것과 변하지 않는 것. 모두에 대
한 믿음으로 다짐이 깊어집니다.

여러분에게 지금 변하고자 하는 것과 변하지 않길
바라는 것은 어떤 것일지 궁금합니다.

외로움을 타는 사람, 고독을 즐기는 사람

외로움을 탄다는 표현이 있고, 고독을 즐긴다는 표현도 있습니다. 누군가와 함께 하고 싶은데 혼자일 때는 외로움을 타고, 혼자 있고 싶을 때 혼자라면 고독을 즐길 수 있겠지요. 모든 생명은 보이지 않는 에너지로 서로 연결되어 있습니다. 그런데 에너지가 단절되면 혼자이든, 같이 있든 외롭다고 느끼며 내면이 허해져서 감정조절 능력이 떨어집니다. 외로움을 타는 사람은 결국 자신에게 실망하는 일이 많아집니다.

외로움의 시작은, 함께하는 시간 동안 최선을 다하지 못한 아쉬움과 안타까움이 마음속에 찌꺼기처럼 남아서입니다. 그런 상태가 계속 되면 에너지가 들어오고 나가는 길을 막아 버리기 때문에 모든 에너지 연결이 약해지고 결국 끊어지는 것입니다.

　하지만 함께하는 시간에 최선을 다한 사람은 혼자일 때도 새로운 에너지로 충전되는 시간을 온전히 누릴 수 있습니다. 다시 에너지가 충만해지고 싶을 때는, 우선 자연과의 교감을 시도해 보세요. 자연과의 교감은 우리 몸의 에너지를 채워주고 영혼도 충만하게 합니다.

　함께하는 시간에 최선을 다하고 혼자일 때 자연과의 교감을 통해서 충전한다면 그 모든 순간이 감사함일 것입니다.

　여러분은 외로움을 타는지 또는 고독을 즐길 줄 아는지 궁금합니다.

글멍
수첩

기분이 절로 좋아지는 1분 그림 명상

숨을 들이마시고 길게 내쉬며 몸을 편안히 합니다.

호흡이 편안해지면 눈을 뜨고 그림을 바라봅니다.

어디에 눈길이 가나요?

동그란 눈? 기분 좋게 휘어진 입술?

이 그림은 방운도放運圖로 기운이 실린 그림입니다. 방운
도에는 보고 있으면 절로 기분이 좋아지는 기운이 담겨
있습니다. 기운이 좋아지면 기분 좋은 말이 나가고, 주
변 분위기도 점점 좋아집니다.

우울할 때, 기분이 나쁠 때 이 방운도를 떠올려보세
요. 조금은 빠르게 기분이 전환될 거예요.

· 웃음 방운도 ·

제 2 장

글
먹
활력을 주는

인생은 재미가 없습니다.

인생의 재미는 문장과 문장 사이 쉼표와 같은 것입니다.

인생은 재미가 없습니다. 인생의 재미는 문장과 문
장 사이 쉼표와 같은 것입니다. 쉼표 없이 계속 쓰다 보
면 점점 지겨운 문장이 되듯이 인생에도 한 문장을 쓰
고 찍는 나만의 쉼표가 필요합니다. 그렇다고 단어와
단어 사이에 마구 쉼표를 찍어서는 안 됩니다. 언제 쉼
표를 찍을지 잘 조율하는 것도 인생의 묘미입니다. 이
모든 것을 스스로 주도한다면 인생은 한 편의 좋은 시
나리오가 되겠죠.

인생의 목표가 행복이 될 수는 없습니다. 어떻게
매일 행복할 수 있겠습니까? 힘들고 어렵고 어쩌면 부

당하고 골치 아프고 답답한 순간들이 행복한 순간보다 더 많을지도 모릅니다. 깜깜한 밤하늘에서 작은 별 하나를 찾으면 "하~ 아름답다!"라며 느끼는 것처럼 고난의 연속 같은 인생이지만 돌아보며 "잘 살았다, 참 고마운 인생이다."라고 한다면 진정 행복한 인생일 것입니다.

살다 보면 밤하늘에 별처럼 빛나는 날도 있고 어둠 속에 묻혀 홀로 존재하는 날도 있을 것입니다. 중요한 건 행복한 순간이냐 불행한 순간이냐가 아니라 그 많은 순간들의 흐름을 알고 방향을 찾았느냐입니다. 삶의 목적이 있느냐 없느냐입니다.

행복과 불행은 늘 교차합니다. 오르막이 있으면 내리막이 있는 것처럼 끊임없는 반복 속에서 어떤 삶의 목적을 가지고 어떤 시선으로 세상을 바라보며 인생을 살아가는가입니다.

살다 재미없을 때 쉼표를 허락하세요. 하나의 쉼표 속에 내가 얼마나 소중한 존재인지 주위 사람들이 얼마나 감사한 사람들인지 알게 될 것입니다.

생활 명상은 새로운 시선으로 활력이 깨어나는 기회가 되고 인생을 행복하게 만드는 순간을 만들 것입니다.

삶에도 멀미약이 있다면

장거리 버스나 배를 탈 때 멀미 때문에 고생하는 경우가 있습니다. 내 몸이 느끼는 것과 나의 뇌가 인지하는 것이 달라서 감당이 안 되면 멀미가 난다고 합니다. 멀미가 심하면 멀미약을 미리 먹어둬야 하고, 가능한 한 멀리 하늘을 올려다보면서 시원한 바람을 쐬면 좋습니다.

살다 보면 멀미 날 지경인 상황을 경험할 때가 있습니다. 닥쳐오는 일들의 속도나 충격이 감당되지 않아 심한 멀미를 하는 것처럼 힘들어질 때가 있습니다. 이럴 때도 잘 듣는 멀미약이 있으면 좋으련만... 그런 게 있을 리 만무하니 대신, 눈을 들어 멀리 하늘을 올려다

보는 것처럼 나의 시각을 바꾸어서 바라볼 수 있으면
좋겠습니다.

상대방의 시각으로 바라보고, 우리의 시각으로 바
라본다면 어떨까요? 당장의 어제, 오늘보다는 더 긴 시
간의 흐름 속에서 삶을 바라보고 옳고 그름의 기준보
다는 다양한 관점에서 보면 좋겠습니다. 바깥의 소리
보다 자신의 내면에 귀 기울이며 진짜 나를 마주할 수
있다면 힘겹게 느껴지던 속도와 충격을 조금이나마 덜
힘겨워 할 수 있을 것입니다.

여러분도 자신의 시각을 바꾸어, 힘든 고개를 넘어
선 적이 있는지 궁금합니다.

매일 조금씩 하면 좋은 것

생각이 복잡해지거나 마음이 무거워질 때면 무얼 하시나요? 저는 청소와 정리 정돈을 합니다. 하고 나면 주위도 깨끗해지고 기분 전환 되어 좋습니다.

이런 얘기를 하면 "그럼 대청소를 하시나요?"라고 묻는 경우가 있습니다. 저는 이렇게 대답하지요. "조금씩 나눠 매일매일 합니다. 오늘 씽크대 서랍을 정리했다면, 내일은 창고 선반을 정리하는 식으로 청소합니다." 매일, 조금씩, 계속해서 하면 미루지 않고 벼르지 않아도 됩니다. 어떤 일이든 미뤄두면 점점 커져서 결국 감당하기 힘든 짐이 되어 버리기에, 매일 조금씩이라도 할 수 있는 것을 계속하려고 합니다.

사람과의 관계에서도 마찬가지입니다. 미안한 사람에게 미안하다고 말하고 고마운 사람에게 고맙다고 말하는 것을 미뤄두면 다른 감정이 끼어들고 맙니다. '어색하다', '쑥스럽다'라는 핑계들이 생겨 말로 해결할 수 없는 지경이 되어 버립니다. 그렇기에 저는 사소한 표현이어도 그때그때 꼭 전하려고 애씁니다.

긴 시간을 내어 어려운 동작을 취하지 않더라도, 생활 중에 짧게는 1분, 5분 또는 10분 만이라도 집중해서 몸과 마음을 건강하게 하는 선도仙道수행을 합니다. 조금씩 꾸준히 하는 일들이 당장 큰 결과를 내지는 못하더라도 가야 할 길을 계속 가고 있으니 마침내 끝까지 갈 것입니다.

여러분도 매일, 조금씩, 계속해서 애쓰고 있는 일들이 있으신가요?

, 오늘도 다행이다

염려했던 일이 한 고비를 넘겨 일단락 마무리되고
나면 숨을 길게 내쉬면서 '다행이다' 혼자 읊조려지게
됩니다. 다행스럽게 여기는 것은 상황이 좋아져서가 아
니라, 지금의 상황이 전부가 아니라는 것을 알기 때문
입니다.

상황을 외면하지 않고 상황에 빠지지 않으면 다행
스럽게 여기는 긍정의 마음이 생깁니다. 상황이 아무
리 어려워도 정신을 차리면 극복할 수 있는 길이 보이
죠. 그 길을 비춰주는 빛 속에서 주위를 둘러보며, 함
께해 준 사람들에게 감사의 마음을 전할 수 있을 만큼
의 여유를 찾게 됩니다.

날마다 다행입니다.

다 행복이고 다 행운입니다.

모든 것이 다행입니다.

수많은 상황과 고비가 닥쳐오는 오늘, 여러분도 다
행스러운 하루를 보내고 계시는지 궁금합니다.

마음이 어지러운 날,
기운의 가지치기

　　바람이 쌀쌀해지기 시작하면서 앞마당을 지키는
늘푸른나무들의 가지치기를 시작했습니다. 나무마다
가지치기에 좋은 시기가 있고 방법이 달라서 자료를 찾
아보고 공부하면서 하나씩 알아가는 재미가 있습니다.
무심코 지나쳤던 나무들이, 이제 한 그루 한 그루 세심
하게 눈에 들어옵니다.

　　나무는 햇볕을 잘 받는 것만큼이나 중요한 것이 나
무와 나무 사이에 바람이 통하는 공간을 만들어주는
것입니다. 아름다운 형태를 만들기 위해 모양을 다듬
는 가지치기부터 방향을 잘못 잡고 자라나 전체를 해
치는 나뭇가지, 시들고 썩은 나뭇가지를 잘라내는 가지

치기를 합니다. 가지치기는 더 건강하게 자랄 수 있도록 나무에 애정을 가지고 하는 작업입니다.

가지를 잘라내고 넝쿨을 정리하고 잡풀을 뽑으면서 공간을 디자인 하는 것입니다. 가지치기는 나의 라이프 스타일을 들여다보는 명상의 시간이 됩니다.

나는 일할 때 소통하고 조화로운 분위기를 만들고 있는가, 한 사람 한 사람 소중하게 바라보고 서로의 길을 열어주고 있는가, 불필요한 감정은 과감하게 제거하고 있는가, 눈앞의 상황만이 아니라 전체를 보며 계획하고 움직이고 있는가, 가지치기를 하면서 어지럽게 뻗어 있는 나의 기운도 정성껏 다듬어 봅니다.

여러분도 마음이 어지러운 어느 날, 기운의 가지치기를 해보시겠어요?

바디 스캔 이완 명상

머리에서부터 발끝까지 자신의 몸 전체를 스캔하듯이 천천히 바라봅니다. 몸의 온도, 통증이나 긴장감까지도 있는 그대로 바라봅니다. 몸을 느끼는 것만으로도 이완되고 스트레스를 줄이는데 도움이 됩니다.

... o ...

1 / 바로 누운 자세에서 양 손바닥은 하늘을 향하도록 하고 어깨는 편안하게, 눈은 감고 입은 다뭅니다.

2 / 자신의 숨이 들어오고 나가는 것을 아무 감정 없이 바라봅니다.

3 / 이제 편안한 시선으로 자신의 몸을 내려다 보듯이 느껴 보시기 바랍니다.

4 / 머리, 얼굴, 목, 오른쪽 어깨, 팔꿈치, 손목, 손끝,

왼쪽 어깨, 팔꿈치 손목, 손끝, 가슴.

가슴 전체에 포근한 기운이 감도는 걸 느낍니다.

그 기운이 배꼽을 지나 아랫배까지 내려가서

아랫배를 따뜻하게 합니다.

5 / 그 기운이 고관절을 지나서 양 허벅지, 무릎, 발목,

발끝까지 내려갑니다.

6 / 포근하고 따뜻한 기운이 온몸에 천천히 퍼져

나갑니다. 숨이 편안해집니다.

몸이 가벼워집니다.

새로운 나를 위하여 지금의 나를 가만히 바라봅니다.

7 / 숨을 크게 들이마시고 내쉬며 명상을

마무리합니다.

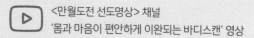

<만월도전 선도명상> 채널
'몸과 마음이 편안하게 이완되는 바디스캔' 영상

자신의 목소리를 좋아하나요?

자신의 목소리를 좋아하시나요? 아기는 말을 배울 때, 제일 좋아하는 목소리를 흉내 내며 자신의 소리를 만들어 간다고 합니다. 하고 싶은 말이 많아 두 눈을 반짝이며 옹알이로 소리를 만들어가는 아기를 상상해 보세요. 내 목소리는 무의식 속에 가장 좋아하는 소리를 모아 만든 나만의 소리입니다.

내가 가장 좋아하는 목소리로 자신에게 힘이 되는 응원의 말을 들려주고, 사랑하는 사람에게 진심의 말을 전하세요! 내가 가장 좋아하는 목소리로 영혼을 깨우고 감사의 기도를 올려주세요!

 여러분은 어떤 목소리로 기도
올리는지 궁금합니다.

얼굴에서 빛이 나면
한 번 더 쳐다본다

　얼굴에서 빛이 나는 사람이 있습니다. 나이, 성별과 상관없이 눈빛이 살아있고, 미간이 환하게 펴져있는 사람이 있습니다. 그런 사람을 보면 한 번 더 쳐다보게 됩니다. 얼굴을 '얼이 들어오고 나가는 굴'이라고도 합니다. '얼'은 사람의 의식이고 정신입니다. 얼굴 안에 담긴 눈, 코, 입, 귀, 피부가 '굴'입니다.

　얼굴에서 빛이 난다는 것은 그 사람의 의식이 밝고 긍정적이다는 것입니다. 밝고 긍정적인 사람은 눈빛이 공허하지 않고 탐욕스럽지 않습니다. 중심을 가지고 경청할 줄 알며 사람을 살리는 표현을 할 줄 압니다.

사람을 보면 먼저 웃으며 인사하는 사람

바라보는 시선에 예의가 담긴 사람

건네는 말이 둥글고 따뜻한 사람

이런 사람의 얼굴에서는 빛이 납니다. 얼굴에서 빛이 난다는 것은 정신이 살아있다는 증거입니다. 환한 얼굴빛, 반짝이는 눈빛은 자신뿐만 아니라, 주변을 환하게 밝혀 줍니다.

"웃으면 복이 온다."는 말처럼 환하게 웃는 얼굴은 하늘의 사랑을 마음껏 받을 수 있는 '열린 문'입니다. 환한 얼굴, 웃는 얼굴로 하늘의 천복을 많이 받으시고 널리 널리 나눠주는 행복 누리시길 바랍니다.

여러분은 자신의 얼굴빛, 눈빛을 환하게 만들기 위해 어떤 노력을 하시는지 궁금합니다.

사랑한다면 웃어봐요

"거울은 그림 솜씨가 좋아요.

내 모습을 그대로 그려주니까.

커다란 거울 속에는

그림 잘 그리는 선생님이 사나 봐요.

나보다 그림을 더 잘 그리니까."

오호라~! 어린아이의 동시에는 엉뚱하고 재미난 상상이 담겨있습니다. 그럼 우리도 그림 잘 그리는 선생님을 한번 만나볼까요?

처음에는 무심히 거울을 보다가 거울 속 나에게 먼저 웃어 보입니다. 거울 속에 내가 금세 따라 웃습니다. 웃음으로 화답을 받으니 마음이 한결 좋아집니다.

내친김에 어깨도 리듬감 있게 들썩거려 봅니다. 웃는 얼굴과 들썩이는 어깨가 제법 잘 어울립니다. 나를 사랑한다는 것! 나를 위한다는 것! 내가 나에게 보내는 웃음 한 자락에서 시작됩니다.

여러분도 자신을 위해
자주 웃어 주시는지 궁금합니다.

나이를 한 살 더 먹어도 날 사랑해

"날 사랑해. 난 아직도 사랑받을 만해. 이제야 진짜
  나를 알 것 같은데!"

'나이'라는 노래 중 공감되는 가사 한 구절입니다.
  자신을 모른 채 헤매던 때가 있었고 무시당하지 않
으려 거친 몸짓과 말투로 벽을 쌓기도 하고 인정받고 싶
은 마음에 구차한 변명 뒤로 숨었던 순간들이 있었습니
다. 시간이 지나고 나서 뒤돌아보면 부끄럽기도 하고,
후회로 남기도 하고, 아쉬워하는 나 자신이 보입니다.

한 해를 보내고 새로운 한 해를 맞이하면, 누구나
나이 한 살을 더합니다.

일 년, 이 년, … 십 년, 그 시간의 의미와 무게가 모두 똑같지는 않겠지만 저마다의 시간을 살아가면서 알아채고 쌓여가는 것이 있습니다.

'아, 내가 그때보다 지금 더 당당해졌구나. 세상을 바라보는 시야가 넓어지고, 사람도 배려할 줄 알게 되었구나. 시간이 그냥 가는 게 아니라, 그 시간 동안 성숙해졌고, 지금도 성장하고 있구나!'

나에게 시간이 얼마나 더 허락될지 아무도 알 수 없습니다. 지금까지의 시간이 실패인지 성공인지, 100점인지 50점인지 단정 짓기보다는 성장하고 있는 지금의 자신을 진심으로 사랑하고 응원해 주었으면 합니다.

자신을 사랑한다는 것은 자신을 존중하는 것입니다. 사랑받을 자격은 정해져 있는 것이 아니라 내가 나를 존중하고 믿어줄 때 스스로 그 자격을 부여할

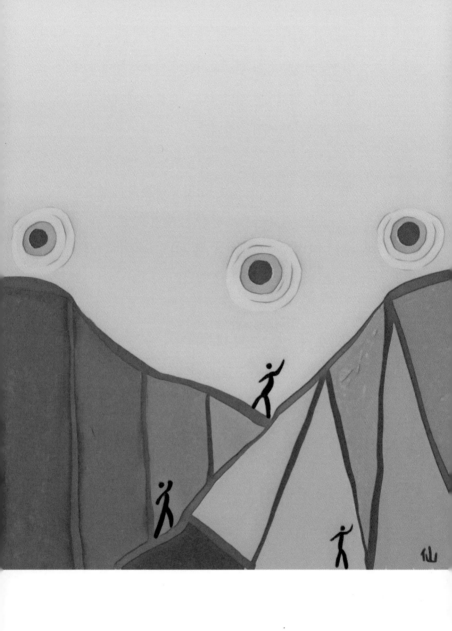

수 있습니다.

　　나이라는 시간 속에서 성장하고 있는 나!

　　여러분은 자신의 성장을 어떤 마음으로 응원하고
계시는지 궁금합니다.

장점에 의지를 더해
강점으로 만들기

"너는 이런 걸 잘하는구나! 대단한데!"

누군가에게 인정과 칭찬의 말을 들을 때가 있습니다. 칭찬에 익숙하지 않은 대부분의 경우에는 "아유! 제가 뭘요, 당연히 해야 할 일을 한 것뿐입니다."라며 겸양의 미덕을 발휘하기도 하지요.

우리의 일상은 사소한 일들로 지루함의 연속인듯 하지만 '가치와 의지'를 더해서 바라보면 나만의 '강점'을 찾고 만들 수 있는 빛나는 나만의 무대가 될 수 있습니다. 친화력이 있거나 첫인상이 좋다거나 눈치가 빠르거나 하는 뛰어난 점을 '장점'이라고 하는데, 그 장점을 보다 목적성을 가지고 훈련하며 만들어 가는 것이 '강점'입니다.

하고 싶은 일, 중요하다고 생각되는 일을 잘 해내기 위해 적극적으로 노력하고 훈련을 반복하는 사이 어느새 장점은 강점이라는 보석이 되어 있습니다.

가치를 잊지 않고 의지를 더하여 강점이라는 보석을 만들어가는 나의 모습, 너무 멋지지 않나요!

평범한 일상을 새로운 마음으로 바라보세요. 여러분은 어떤 강점을 만들고 싶은지요?

글멍
수첩

자신의 강점을 찾기 위한 질문입니다

---◆---

1 / 내가 생각하는 나의 장점은 무엇인가요?

_____

_____

_____

_____

2 / 무엇을 할 때 설레나요?

_____

_____

_____

3 / 잘하는 것은 무엇이고, 못하는 것은 무엇인가요?

_____

_____

_____

4 / 나는 지금까지 어떤 분야에서 성과를 내왔나요?

_____

_____

_____

5 / 나의 장점과 강점에 대해 주위 사람은 뭐라고 하나요?

_____

_____

_____

6 / 장점에 의지를 더해 재탄생할 나만의 강점은 무엇인가요?

_____

_____

_____

, 하루를 여는
아침 선언이 있나요

어느 날 아침 눈을 뜨자마자 "감사합니다"라는 말
이 불쑥 나왔습니다. 신기했습니다. 그저 눈을 떴을 뿐
인데, 뭐가 감사하다는 거지? 질문이 올라왔고, 그날은
뭐가 감사한지를 찾는 하루였습니다.

질문에 대한 답은 설명이 아니라 느낌으로 왔습니
다. 숨을 쉴 수 있다는 것도, 걸어 다닐 수 있다는 것
도, 할 수 있는 일이 있고, 함께 하는 사람들이 있다는
것도 모두 감사했습니다. 감사하지 않을 이유가 없고
감사할 것이 참 많다는 것을 알았습니다. 감사함으로
시작하는 하루가 쌓이고 쌓여서 축복받은 인생이 되
겠구나! 깨우침이 있었습니다.

그날 이후 좋은 습관으로 자리 잡아, 아침에 깨어나면 제일 먼저 소리 내어 "감사합니다"라고 말합니다. 몇 번을 말하고 나면 어느새 얼굴에 생기가 돌고 오늘 해야 할 일들이 머릿속에서 그려집니다. 감사함을 선택하면서 행복한 느낌이 선물처럼 찾아왔기에 감사함은 어느새 제 삶의 바탕이 되었습니다. 지금, 이 순간도 참 감사합니다. 그리고 행복합니다.

여러분은 하루를 여는 자신만의 선언이 있는지 궁금합니다.

활력이 생기는 하루 루틴

감사함으로 하루를 시작하니, 감사함으로 하루를 마무리 할 수 있습니다. 하루라는 시간 동안, 많은 상황과 사건들이 파도처럼 일어나 마음을 흔들어대지만 깊은 심호흡으로 "잘 알겠습니다." 받아들이고 아랫배에 힘주며 "방법은 다시 찾아보겠습니다." 의지를 내어 봅니다. 의지를 낼 때는 힘이 들지만 뒤따라서 새로운 힘이 들어옵니다.

감사함으로 시작한 대견한 나에게 기쁨을 주고 싶어서 응원의 메시지를 보냅니다. 나의 미소를 보면 힘이 난다고 하는 사람들을 보면서 환한 얼굴로 마주합니다.

몸과 마음의 기지개를 힘차게 켜고 여유로운 호흡, 든든한 단전의 힘으로 다시 한번 용기를 내고 힘내는 자신에게 감사합니다. 감사함으로 하루를 시작하고 마무리하면서 꿈이 이뤄지는 하루하루를 만들어 갑니다.

여러분은 매일매일 들이치는 파도 앞에서 어떤 의지를 내고 계시는지 궁금합니다.

비슷하지만 다른 반복과 성장

반복은 성장입니다.

어제와 비슷해 보이는 오늘, 익숙한 일들이 반복되는 하루이지만 그 속에서 변화를 선택하고 있는 나는 이미 어제의 내가 아닙니다. 그렇기 때문에 일상은 의미 있는 변화가 쌓여가는 반복입니다. 눈과 귀를 사로잡는 새롭고 놀라운 정보, 결과에 대한 막연한 기대감을 내려놓고 목표를 향해 뚜벅뚜벅 나아가는 오늘, 반복은 성장입니다.

반복은 다듬기입니다.

투박한 원석을 다듬어 값진 보석으로 재탄생시키는 장인의 섬세한 손길처럼 나도 간절히 희망하고 또

소망하며 어제도 다듬고, 오늘도 다듬고, 내일도 나를 다듬습니다. 설계도를 보며 스스로를 점검하고, 주위 사람들에게 진심 어린 조언과 도움을 받기도 합니다.

나의 무능함에 좌절하기도 하고, 꾀부리다 실수를 하기도 합니다. 다른 사람의 원석이 더 좋아 보여서 내일을 미룬 채 그 주변을 서성거리기도 하고 오늘 끝장 내리라 다짐하며 과욕을 부리기도 합니다. 그 모든 과정을 거치면서 나에게 오롯이 집중하고 결국 새로운 나를 발견하는 것입니다. 그렇기에 반복하기를 멈추지 않습니다.

반복은 나에 대한 믿음이고, 성장에 대한 열망이며, 나아갈 길입니다. 매일의 반복이 나를 매일 새롭게 합니다.

여러분은 무엇을 반복하고 계시나요?

다시 시작하는 것을 허락한다

운동하기, 다이어트, 금연, 자격증 따기, 외국어 회화 등등 새해를 시작하면서 마음먹은 다짐들을 지금도 실천하고 계신가요? 작년에도 세웠던 목표인 것 같은데 올해도 어김없이 주먹을 불끈 쥐게 되고, 새로운 목표에 열렬한 마음을 먹기도 합니다.

어떤 계획이든 시작은 희망입니다!

그 희망은 첫 번째 고비를 맞이합니다. 흔히들 작심삼일이라고 하지요. 고비를 잘 넘기고 마지막 골인 지점에서 웃으려면 어떻게 하면 좋을까요? 제가 애용하는 비결을 하나 알려드리면, 스스로 허락하는 것입니다.

"작심삼일의 고비에 좌절하더라도, 다시 시작하는
것을 허락한다."

"100점짜리가 아니더라도, 다시 도전하는 것을 허
락한다."

스스로 허락할 수 있는 사람은 스스로 힘을 낼 수
있습니다. 자신에게 '다시'를 허락할 때, 희망은 보람이
되고, 어떠한 고비도 넘을 수 있는 비법이 됩니다.

작심삼일이었던 나! 그러나 다시 도전하는 것을 허
락해주세요. '작심성취作心成就'로 보답받을 것입니다.

태산을 옮기는 말

태산을 옮길 법한 힘 있는 말로 사람을 감동시키고 자발적 행동으로 이어지게 하는 사람이 있습니다. 어떻게 하면 말과 행동이 같아지고, 말에 힘이 생길까요?

말의 뿌리가 되는 생각, 마음을 정보체라고 합니다. 단순히 알고 있는 지식의 단계에서는 말에 힘이 없어서 곧바로 행동으로 옮겨지기 어렵습니다. 반면 습관처럼 굳어진 관념의 단계에서는 오히려 말과 전혀 다른 통제 불가한 행동을 하기도 합니다.

힘 있는 말은 신념에서 나옵니다. 신념은 선택하고 또 선택하고, 어떠한 상황에서도 선택할 때 세워지는 주체적이며 신성한 정보체입니다.

신념은 결코 놓아버릴 수 없고 포기할 수 없는 간절한 의지의 결정체입니다.

선도수행에는 신념을 강화하고 지켜내는 비기가 있습니다. 바로 힘, 기운, 활기, 생명력을 아울러 말하는 에너지체로서 감각을 회복하고 운용하는 수행법이 그것입니다. 많은 분이 알고 있는 명상, 호흡, 지감止感수련은 모두 에너지체를 느끼고, 운기하면서 정보체와 육체 사이에 연결 고리를 튼튼히 하는 비기입니다.

에너지체로서 자신의 존재를 느껴보는 것. 에너지로 호흡하고 교류하고, 에너지를 운용하는 감각이 깨어나면 신념이 강해지고 커져서 말 한마디에 기운이 서리고 힘이 생깁니다. 그때 바로 뜻하는 대로 마음먹은 대로 이루는 힘이 생겨납니다.

여러분의 말에는 어떤 힘이 실려 있는지 궁금합니다.

,

희망을 확신으로 진화시키는 비결이 있습니다.
바로 선先감사!

내가 원하는 것을 아직은 이루지 못했지만 앞으로
이루어낼 자신을 믿고 먼저 감사하는 것입니다. 먼저
감사하는 마음은 생각도 못했던 새로운 기운을 불러오
게 하고 희망을 가지고 행동하면 막연한 기대감이 확
신이 되어 원하는 바가 실현됩니다.

선감사는 조건 없는 감사, 한계를 두지 않는 감사입
니다. 조건과 한계를 두지 않으면 무한한 기운이 들어
올 수 있는 바탕이 됩니다.

선감사는 나 자신에게 새로운 기회를 주는 것입니다.

"감사합니다" 소리 내어 외치고 나니 자신감이 솟아납니다.

여러분은 먼저 감사하고 새롭게 운기 했던 경험이 있는지 궁금합니다.

감사 명상

감사하는 마음은 좋은 기운을 생성하고 생명의 리듬을
되찾게 합니다. 하늘과 땅이 들을 수 있고 내 귀에 들리
도록 감사함을 선언해 보세요.

감사합니다. 감사합니다.
그래도 감사합니다. 있는 그대로 감사합니다.
감사합니다. 감사합니다.
온전히 감사합니다. 언제나 감사합니다.

감사합니다. 감사합니다.
그저 감사합니다. 그냥 감사합니다.
감사합니다. 감사합니다.
진심으로 감사합니다.
그대여서 감사합니다.

감사한 것을 적어보세요.
감사할 일이 절로 절로 생깁니다.

1 ....

2 ....

3 ....

4 ....

5 ....

6 ....

7 ....

8 ....

9 ....

10 ....

 <만월도전 선도명상> 채널
'하루 20분 감사합니다 메시지 명상' 영상

파동으로 조화를 이루는
음악의 힘

어떤 음악을 즐겨 들으세요?

공부나 업무에 집중해야할 때 조용한 음악을 듣는
사람도 있고, 운동이나 몸을 부지런히 움직일 때 신나
는 음악을 틀어두는 사람도 있습니다. 식사나 대화를
나눌 때 잔잔한 음악이 흐르면 분위기를 더욱 멋들어
지게 만들어 주기도 합니다. 예로부터 큰 잔치나 모임

에 빠지지 않던 음악과 노래는 전체를 하나로 이어주는 중요한 분위기 메이커 역할을 해왔습니다. 음악은 이미 우리의 일상입니다. 일일이 다 열거할 수 없을 정도로 많은 곳에 음악이 흐르고 있습니다.

태초에 우주가 시작될 때 '율려'가 있었다고 합니다. 율려를 달리 말하면, 생명의 리듬과 에너지의 파동, 들고 남이 조화로운 생명력입니다. 율려가 현상 속에 꽃 피운 것이 지금의 음악이라고 생각합니다. 태초에서부터 이어져 온 생명력, 율려의 감각을 우리는 음악 속에서 느끼고 있는 거지요. 그래서 음악을 들으면 내 안에 생명력이 되살아나 나도 모르게 치유가 되고, 음악 속에서 진정한 자유로움을 누릴 수 있고, 음악을 통해 자신을 사랑하는 방법을 알게 됩니다.

음악은 놀라운 힘이 있어요! 여러분은 어떤 음악을 즐겨 듣는지 궁금합니다.

나를 위한 선물
Love myself

아주 기분 좋고 감사한 일이 생겼을 때 "와~ 정말 선물 같은 일이에요!"라는 표현을 합니다. 선물을 받을 때 행복한 것만큼 선물을 줄 때도 설레고 행복하지요.

한 해를 부지런히 살아낸 자신에게 행복한 연말 선물을 해보는 건 어떨까요? 아쉬운 건 아쉬운 대로 응원하고, 새로운 희망과 기대의 설렘을 담아 선물한다면 Love myself, 스스로에 대한 사랑으로 충만해질 겁니다.

나에게 어떤 선물을 주면 좋을까? 고민하는 순간부터 행복하겠지요? 지금껏 남에게 바라고 기대하며 눈치 봤다면 이제부터는 외부로 향해있던 시선을 내면으로 돌려 나에 대한 관심을 순수하게 표현해 보세요.

소유욕을 채우기 위해서도 아니고, 물질을 탐하는 것도 아닌, 있는 그대로 나를 존중하는 선물이라면, 그것이 무엇이든 기쁘고 행복할 것입니다.

여러분은 자신에게 어떤 선물로 충만한 연말을 만들어 가실지 궁금합니다.

'정리의 시작은 비움'이라는 말을 요즘 많이 듣습니다. 한 해를 마무리하며 집안 곳곳을 비우고 정리하시는 분들도 많을 것 같습니다. 공간을 비우고 정리하면 내가 가진 것들이 한눈에 보여 공간도 물건도 더 잘 활용할 수 있게 됩니다.

마음도 그러합니다. 무거운 생각과 오래된 감정들로 가득 차 있으면 '내 마음 나도 몰라~' 하면서 소중한 마음이 감정의 쓰레기통이 되어버릴 수 있습니다. 마음을 비워 가볍고 편안해지고 싶은데 어떻게 비울 수 있는지, 뭘 하면 내려놓을 수 있는지 막연할 때가 있습니다. 그럴 때는 선택부터 해보세요.

내 삶에 중요한 것을 먼저 선택하고, 나를 소중하게 하는 것부터 채워 넣으면, 불필요한 것들은 자연스레 사라집니다.

삶의 주인공인 자리에서 가야 할 방향을 스스로 선택할 수 있을 때 '아름다운 이별'을 할 수 있는 것입니다.

여러분은 정리하고 마무리 할 때 아름다운 이별을 어떻게 준비하는지 궁금합니다.

힘써 노력한 나에게

참전계경 '면강勉强'에 이르기를
'면강자勉强者 면자강야勉自强也라'

'면강이란 스스로 힘써 노력한다는 뜻이다. 꾀가 나
는 것을 극복하고 꾸준히 앞으로 나아가는 것이며, 혹
갈림길이나 모퉁이에서도 주저하는 기색이 없다. 그러
면 어려움이 따르더라도 마침내 이룰 수 있다.'

1000일 기도의 절반을 넘어서면서 참전계경 한 구
절을 빌려 자신을 돌아봅니다. 간절함도 익숙해져서 더
할 것이 없다고 마음이 느슨해진 것은 아닌지. 나아가
기보다 쉬거나 숨을 곳을 찾고 있는 것은 아닌지 살펴

봅니다. 고요하고 담담하게 자신을 돌아볼 수 있을 때 스스로 나아가 마침내 이뤄낼 것이라 믿습니다.

첫 마음을 일으키려면 분명 선택과 용기가 필요합니다. 더구나 시간이 지나면서 상황과 조건이 바뀐다면 첫 마음을 유지하기 위해서는 처음보다 더 큰 의지와 노력이 필요합니다. 갈림길이나 모퉁이에서도 주저하는 기색 없이 다시 선택하고 또 용기 낼 수 있는 하루하루 되시길 함께 기도합니다.

면강! 스스로 힘써 노력하는 자신에게 응원의 한마디 해줍시다.

"잘하고 있다!"

제 3 장

내면을 비추는 글멍

좋은 친구가 옆에 있다면

인생을 잘 살았다고 얘기합니다.

살면서 좋은 친구가 옆에 있다면 인생을 잘 살았다고 얘기합니다. 나의 얘기에 귀 기울여주고 언제나 곁에 있어주는 친구. 저도 그런 친구가 있습니다. 나를 가장 잘 알고 언제나 나와 함께 하며 나를 가장 사랑하는 존재, 바로 내면의 나입니다.

내면의 나를 만난다는 것은 언제나 그 자리에 있는 가장 친한 친구를 만난다는 것과 같습니다. 하지만 내면의 나를 만나는 것이 생각보다 쉽지 않습니다. "제가 정말 참나를 만난 걸까요?"라고 질문하는 분도 있습니다. 사실 이런 질문을 한다면 자신을 제대로 만난 것이 아닙니다. 정말 참나를 만났다면 의문은 들지 않기 때문입니다.

내면에서 들려오는 소리도 있습니다. 특히 선택을 하려 할 때 선악이라는 기준을 가지고 선택이 끝날 때까지 그 소리는 멈추지 않을 것입니다. 평소 내면의 소리에 귀 기울이고 내면의 나를 만나야 하는 이유가 바로 여기에 있습니다.

집을 오랫동안 비워두면 객이 들어와 주인 행세를 하는 것처럼 나의 내면도 주인 없는 자리가 되지 않도록 평소에 관리하는 것이 중요합니다. 부정적인 생각이나 잘못된 관념을 내버려 두고 계속 방치하면 선택하고 판단하는 주체가 점점 사라져 참나가 아닌 에고가 그 자리를 차지해버릴 수 있습니다. 그러면 후회만 쌓이는 인생을 살게 될지도 모릅니다. 정말 내가 원한 것이 아닌데 에고의 힘에 밀려 원하지 않는 선택으로 후회하는 거지요.

내면의 나를 자주 만나고 살면 좋은 점이 있습니다. 생명 에너지를 느끼게 되고 내가 얼마나 소중한 존재인지 알아채게 됩니다. 새로운 기운으로 자신을 일으켜 세우는 힘이 생기고 어떤 상황에서도 내면의 평화를 누릴 수 있게 됩니다.

내면을 비추는 글멍을 통해 내면의 소리에 집중해 보세요. 내면의 힘이 점점 커져서 원래부터 내 안에 있었던 평화롭고 귀한 친구를 만날 것입니다.

질문이 없으면 답도 없다

질문이 없으면 답도 없습니다. 내가 원하는 답은 간절한 질문에서 나옵니다. 그러니 자신의 내면을 들여다볼 수 있어야 합니다.

나는 평상시에 어떤 질문을 품고 있나?

질문은 내 의식을 비춰볼 수 있는 거울입니다.

스스로에게 질문할 수 있나요? 질문할 수 없다면 누군가 답을 알려줘도 나의 선택이 아닌 것 같다며 물러서고 말 것입니다. 어쩌면 어떻게 해야 할지 모르겠다며 망설이다 포기할 것입니다.

자신의 질문을 관觀해 보길 바랍니다.

왜 이런 질문을 하는지, 진짜 원하는 것이 무엇인지. 깨어있는 감각으로 찾고 찾을 때 모든 시공간 속에서 스스로 답을 깨우치고 기꺼이 움직일 것입니다.

선도수행에 이르기를 감정의 파도를 멈추며, 거친 호흡을 고르고, 부딪힘을 금하는 이 모든 다스림은 스스로를 관할 수 있는 맑고 밝은 눈을 뜨게 합니다.

여러분은 질문하는 자신을 관하고 계시는지요?

내가 나에게 하고 싶은 질문이 있습니까? 평소에 질문하고 싶었던 것이 있다면 5가지 정도 적어 보세요. 그리고 그것을 관해 보세요.

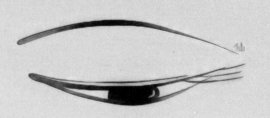

나와 대화하는 연습, 명상

뜻하는 대로 마음먹은 대로 이루기 위한 첫 번째 단계는 말로 표현하는 것입니다. 뜻하는 것은 무엇이고, 진짜 내 마음이 어떤지를 말로 표현할 수 있어야 합니다.

진짜 내 마음이라니... 마음이라 하면 어려운가요? 뇌로 이해하면 좀 더 쉬워질까요? 정보를 처리하는 뇌의 가장 바깥쪽 신피질 영역에서 목표를 선택했다고 '생각'을 해 봅니다. 하지만, 감정을 다루는 구피질 영역이나 본능에 가까운 뇌간 영역에서는 그 선택과 일치하지 않으면 어떻게 될까요? 그렇다면 100%의 에너지를 그 목표에 사용하기 어려운 상태가 됩니다.

중요한 것은 스스로 알아채는 것에 있습니다. 내 생

각은 여기에 있고, 나의 감정은 여기 있는데, 나의 본능은 여기이구나. 실제로 이런 단계로 나누어 정리하기에는 어렵기도 합니다.

내 마음을 있는 그대로 바라보고 인정하고 말로 꺼내 놓아야 하는데, 그게 익숙하지 않은 사람도 많습니다. 왜냐하면 주로 사람들의 표정을 살피고 상황에 맞게 대화하는 방법만을 주로 익혀왔기 때문입니다.

사람들과 대화를 잘하기 위해 애쓰고 연습하는 것만큼 자신과의 대화도 연습과 노력이 필요합니다. 자신을 마주하고 자신과 대화하는 것이 명상입니다. 자신의 마음을 스스로 알아차리고, 자신의 에너지를 잘 다룰 줄 아는 사람이 되면 훨씬 더 자연스럽고 당당하게 사람들과 대화 나눌 수 있게 될 것입니다.

뜻하는 대로 마음먹은 대로 이루기 위한 첫 번째, 자신과의 대화! 여러분은 어떻게 하고 계시는지 궁금합니다.

진지하고 친절한 물음표

물음표(?), 느낌표(!), 마침표(.)를 달고 오가는 말들 덕분에 서로 소통하고 공감합니다. 그로 인하여 내면은 더욱 견고해지며 의식을 밝고 넓게 확장시킬 수 있습니다. 진지한 질문이 진실한 대답을 부르고 공평한 설득이 온전한 이해를 부르며 친절한 표현이 행복한 공감을 부릅니다.

나의 질문이 진지한지, 나의 설득이 공평한지, 나의 표현은 친절한지, 짚어볼 수 있는 척도는 무엇일까요? 바로 돌아오는 대답이 진실한지, 이해가 온전한지, 공감으로 행복한지를 보면 알 수 있습니다.

여러분은 어떤 진지하고 친절한 물음표를 던지나요?

수고로운 명상

오늘 하루를 살면서 혹시, 만나야 할 사람들이 두렵고 부담스러웠나요? 선택과 좌절의 순간들을 피하고 싶었나요?

'의식의 확장은 오늘 만나는 사람을 통해 이루어지고 의식의 성장은 부딪히고 깨지는 고통 뒤에 이루어집니다.'

나에게 주어지는 시간과 기회, 이 모든 인연이 축복이라고 하는데, 두려움이 아니라 감사함으로 받아들이려면 어떻게 해야 할까요?

숨을 깊게 들이마시고 편안하게 내쉬는 호흡을 거듭하며, 내면이 고요해지길 기다려 줍니다. 그리고 스스로에게 물어봅니다.

내가 나를 믿는지, 내가 나를 사랑하는지, 내 삶은 무엇을 위해, 어디로 가고 있는지 스스로에게 물어봅니다.

물어보는 것은 용기입니다. 물어볼 용기가 있다면 답을 찾을 것입니다. 감정 섞인 변명을 내려놓고 가슴을 쫙 펴고 지금 있는 그대로의 나에게 용기 내어 물어봅니다. 목적과 방향을 놓치지 않고 질문한다면 내가 받은 축복을 더욱 빛나게 할 것입니다.

여러분은 오늘 스스로 물어보고 답을 찾는 수고로운 명상을 기꺼이 하셨는지 궁금합니다.

삶의 고개를 넘어가는 깨달음의 노래

아리랑은 언제부터인지 모르지만, 우리 민족의 삶 곳곳에서 불리는 노래입니다. 마음 맞추어 일할 때 아리랑을 불렀고, 기쁘고 흥겨울 때, 슬프고 서러울 때도 아리랑을 불렀습니다. 하나로 뭉쳐 이겨내야 할 때 뜨겁게 아리랑을 불렀습니다. 지역마다 다양한 아리랑이 있는 것만 보아도 아리랑의 뿌리는 단편적으로 감정을 풀어내거나 상황에 대한 노래가 아니라는 것을 알 수 있습니다.

"아리랑 아리랑 아라리요 아리랑 고개를 넘어간다."

아리랑 고개를 넘어 어디로 가는 걸까요?

기쁠 때 기쁨을 넘고, 슬플 때 슬픔을 넘어서 가는 자리! 우리가 왔었고, 돌아갈 그 자리! 선도에서는 그 궁극의 자리를 '한'이라 합니다.

내가 어디서 왔고, 어디로 가고 있는지 참나를 찾는 여정을 노래로 만들어 불렀던 깨달음의 문화. 그것이 아리랑입니다.

소리 내어 아리랑을 불러 보세요. 오늘 여러분은 아리랑을 어떤 마음으로 불렀는지 궁금합니다.

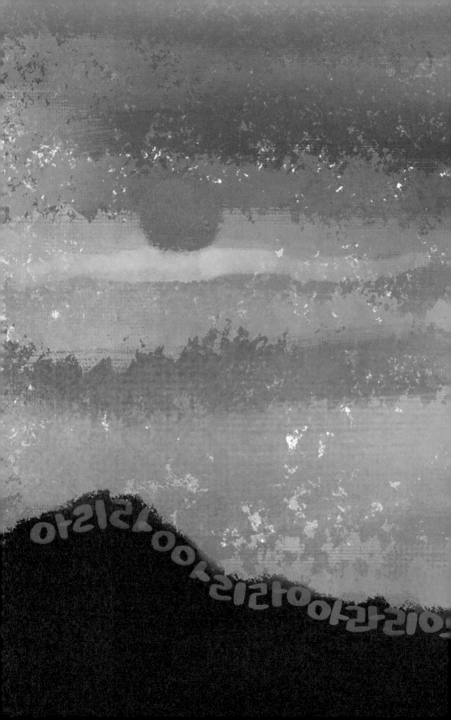

가득 차 있고 텅 비어 있는 내 안의 하늘

선도수행에서는 하늘天, 땅地, 사람人을 자주 언급합니다. 이 '하늘'은 눈에 보이는 파란 하늘만을 말하는 것이 아닙니다. 이 '땅'은 우리가 밟고 서 있는 대지만을 말하는 것이 아니며 이 '사람'은 모든 생명을 아울러 말하는 것입니다. 하늘, 땅, 사람은 나뉘어 있지만 또한 나눌 수 없는 본래 하나입니다.

하늘!
텅 비어 있는 것 같지만 가득 차 있는 공간.
공空이면서 무언가의 간間.
내 안에 있는 하늘을 느껴본 적이 있나요?
하늘 속에 있는 나를 만나본 적이 있나요?

선도수행으로 에너지를 느낄 수 있는 새로운 감각이 열리면서 처음으로 느꼈던 경이로운 체험은 바로 내 안에 있는 하늘을 느꼈던 순간이었습니다. 그 체험은 갇혀있던 의식의 한계를 과감히 벗어나게 했고, 온전한 자유와 더할 나위 없는 평화로움을 누릴 수 있게 해주었습니다.

하늘에 빗댄 무한한 공간이 내 안에 있다면 나는 무엇으로 가득 차 있고, 왜 텅 비어 있는지 알 수 있을 것입니다. 내 안의 하늘을 만나는 시간을 가져보면 좋겠습니다. 진정한 나를 만나게 될 것입니다.

여러분, 내 안에 있는 하늘이, 하늘 안에 있는 내가 오늘도 안녕하신지 살펴보지 않으시겠습니까?

내가 정말
원하는 것은 무엇인가

우리는 교육을 통해 지식을 쌓아 갑니다. 지식의 돌계단을 하나하나 밟고 올라서면 더 멀리, 더 많이 볼 수 있다고 믿습니다. 하지만 스스로 중심을 잡지 못하고 가치 있는 비전이 없다면 지식에 갇힌 유식한 꼰대가 되고, 지식 뒤에 숨은 비겁한 지적쟁이가 될 수도 있습니다.

더 많은 정보를 듣고 새로운 것을 경험하는 것은 더 자유롭고 창조적인 사람이 되고 싶기 때문입니다. 하지만 꿈이 없다면 수많은 정보에 휘둘려 원하는 것이 무엇인지도 모른 채 자신을 포함한 모두를 기만하는 어리석음을 범할 것입니다.

자신이 정말 원하는 게 무엇인지, 이 생에 이루고자 하는 것이 무엇인지 제대로 알아야 합니다. 그래야지 중심 잡고 꿈이 이뤄지는 방향으로 계속 나아갈 수 있습니다.

그래서 저는 지식이나 경험에 갇히지 않고 뜻한 바를 이루기 위해 내면으로 향하는 호흡과 명상, 에너지 감각 깨우는 선도수행을 생활화하고 있습니다.

여러분은 방향을 놓치지 않고 스스로 중심 잡는 자신만의 방법을 터득하셨는지 궁금합니다.

글멍
수첩

인공지능이 알려준 인생에
도움 되는 질문 6가지

인간의 능력을 인공지능이 대신하는 시대입니다. 인공지능
이 알려준 인생에 도움 되는 질문에 여러분의 생각은 어떤
지 궁금합니다.

··· ○ ···

1 / 나의 가치관과 신념은 무엇인가?

　°삶에서 중요하게 여기는 것들을 파악해 보세요.

2 / 내 삶의 목표는 무엇인가?

　°내가 생각하는 이상적인 삶을 머릿속에서

　　그려보세요.

두려운가요? 기분이 좋아지나요?

내면의 나는 진짜 내가 원하는 삶의 방향과 목표를

알고 있을 거예요.

3 / 나의 건강을 위해 무엇을 해야 하는가?

ㅇ무엇을 하지 않아야 하는지도 생각해 보세요.

4 / 좋은 관계를 위해 나는 무엇을 해야 하는가?

ㅇ무엇을 하지 않으면 더 좋을지도 생각해 보세요.

5 / 나는 사회에 어떤 기여를 하고 싶은가?

ㅇ내 팔순 잔치 때 나는 어떤 모습이고 싶나요?

또 다른 사람들이 나에게 해줬으면 하는 말을

생각해 보세요.

6 / 나는 어떻게 변화하고 성장하고 싶은가?

인생을 걸 만큼 가치 있는 그 무엇

운명運命, 사명使命, 소명召命

누구나 한 번쯤은 살아가는 이유나 삶의 목적을 고민하다 마주하게 되는 단어들인데 모두 공통된 글자, '명命'을 품고 있습니다. 命의 뜻은 목숨, 명령입니다. 임금이 명령을 말로 내리는 것이라는 뜻으로 임금은 생사여탈권을 가진 존재이기에 목숨, 운명이라는 뜻이 더해졌다 합니다. 그러니 운명, 사명, 소명은 목숨을 바쳐 이뤄내고자 하는 어떤 것, 인생을 걸 만큼의 가치 있는 그 무엇입니다.

누군가는 운명을 직감했다 하고, 누군가는 사명을 받아들였다 합니다. 누군가는 소명 의식이 나를 여기까지 이끌었다고 합니다. 이미 정해진 것이라도 나의 선택이 있어야 하며, 하늘이 나를 부르셔도 따르고자 하는 의지가 있어야 합니다. 이 모든 것의 한가운데 소중한 내가 있습니다.

살아가는 이유와 삶의 목적을 스스로 정할 수 있다는 것은 정말 가슴 뛰는 감사함입니다.

여러분은 어떤 명命의 한가운데 계시는지 궁금합니다.

새로운 시작이 두려울 때

새로운 시작은 설레고 또 한편 두렵기도 합니다. 아직 아무 일도 일어나지 않았고 앞으로 어떤 일이 일어날지 모르기 때문이겠지요. 시작점에서 두려움을 뚫고 솟아나는 설렘! 그것은 바로 희망입니다. 희망은 어떤 순간에도 성장할 수 있는 자유의지이며 신성한 선택입니다.

갑각류는 성장하기 위해서 반드시 탈피과정을 거칩니다. 딱딱한 외골격을 벗는 것과 동시에 새롭고 연한 외골격이 형성됩니다. 가장 연약해지는 두려움을 이겨내었을 때, 다음 단계로 성장하는 것입니다.

두려움으로부터 자신을 지키기 위해 무엇이 필요할까요? 그런 때일수록 더 자신을 믿어야 합니다! 자신에 대한 믿음은 그 시간을 견디게 하고 존재하게 하며 거듭나게 합니다. 자신에 대한 믿음은 희망의 핵심이며 희망의 실체입니다.

자신을 믿고 선택하세요.
견디고 노력한 결실을 만날 것입니다.

여러분은 자신을 믿고 희망찬 시작을 하고 계시는 지요?

의지의 꽃이 피어나면 기회의 나비가 온다

누구나 기회를 잡고 싶어 합니다. 기회가 왔다는 걸 어떻게 알아차리고, 어떻게 하면 기회를 만들 수 있을까요? 기운의 흐름을 아는 자는 기회를 알아봅니다. 그 흐름의 시작이 어디이고 어느 방향인지 안다면 기회를 알아보고, 또 만들 수 있습니다.

첫 번째 기회는 스스로 의지를 낼 때 찾아옵니다. 하고자 하는 '의지'의 꽃이 피어나면, '기회'라는 나비가 날아옵니다. 의지를 자주 내면 더 많은 기회가 오고 더 큰 기회를 꿈꾸게 됩니다.

두 번째 기회는 분명한 목표를 세웠을 때 잡을 수

있습니다. '내가 해낼 수 있을까? 이게 나에게 맞는 걸까?' 큰 기회는 큰 두려움이기도 합니다. 목표를 세운 사람은 두렵지만 용기 내어 기어이 두 번째 기회의 문을 열어젖힙니다. 목표를 세운 사람은 기회가 왔을 때 모든 것을 던져 도전하는 기쁨을 압니다.

일신의 성공에 머무르지 않고, 전체를 바라볼 수 있는 사람은 세 번째 기회를 만듭니다. 공존하는 것이 조화로울 때, 공생의 법칙을 터득할 때만이 세 번째 기회를 만들 수 있습니다. 많은 사람의 마음이 모여 하나의 목표를 향할 때 기회는 창조됩니다.

오늘 여러분에게 찾아온 기회를 어떻게 맞이하고 계시는지 궁금합니다.

포기하고 싶을 때 던지는 질문

'처음부터 안 되는 일이었나?' '역시 나는 안 되는 건가?' '더는 무리다.'

이런 상태는 포기하고 싶을 때 드는 생각입니다.

기대했던 결과를 내기 어렵다 생각될 때, 의욕은 꺾이고 그만두고 싶은 마음이 듭니다. 실패하는 것이 두려워 애초에 목표를 높게 정하지 않는 때도 있고, 포기도 선택이니 '용기 내어 포기하자.'는 선택에 힘을 실어주기도 합니다.

포기에는 저마다의 다양한 상황과 핑계가 있기 마련입니다. 자신과 제대로 마주하지 못하고, 남 탓으로 돌리기 급급해하며 포기하기도 합니다. 자신을 끝까지 믿지 못하고 인내심 없이 지레 포기해 버린다면 마음에 깊은 생채기만을 남기고 끝나버립니다.

포기하고 싶은 마음이 들 때, 자신과 대화를 차근차근 나눠보세요. 내가 정말 이루려는 것이 무엇인지, 놓아버릴 핑계를 찾고 있는 건 아닌지 진지하게 스스로에게 물어봅니다. 포기도 선택이지만, 그렇기에 더더욱 자기 자신과 제대로 마주해야 책임지는 인생, 성장하는 내가 될 수 있습니다. 어쩌면 포기하고 싶은 마음이 들 때가 자신과 제대로 마주할 수 있는 가장 좋은 때일지도 모릅니다.

여러분은 포기하려는 마음이 들 때, 자기 자신에게 어떤 질문을 던지며 대화를 나누었는지 궁금합니다.

정성이 깊으면 가슴에 서린다

참전계경 '첩응貼膺'에 이르기를
'지극한 정성이 가슴에 서리어 항상 떠나지 않음이라.'

1000일 기도를 하며 정성이 깊으면 가슴에 서린다는 것이 어떤 느낌인지 가슴에 많이 와 닿았습니다. 정말 원하고, 원하고 원해서, 간절하고 간절한 그것. 배가 고파서도 아니고, 기운이 부족해서도 아니며, 사랑이 그리워서도 아닙니다!

채울 것은 채우고, 내려놓을 것은 내려놓고, 해야할 것을 다 한 후에도 여전히 가슴에 서리어 떠나지 않는 그것. 스스로 묻고 답하기를 거듭하면 사라지지 않는 하나의 소리가 들립니다.

　'네 안의 하늘을 잊지 말라! 잊지 않으면 하늘과의
　약속을 반드시 지켜낼 것이다.'

　스스로에게 물어보고 대답을 찾아가는 자신이 더욱
더 귀하게 느껴집니다.

　여러분은 지극한 정성으로 가슴에 서린 무엇이 있
나요?

의욕인가, 과욕인가?

"내 얘기 좀 들어봐! 이게 무리한 것 같아?" 이루고 싶은 일이 있는데, 의지대로 잘 풀리지 않아서 친구에게 답답한 마음을 터놓은 적이 있었나요? 건강한 의욕인지, 무리한 과욕인지 확인하고 싶은 적은 없었나요?

의욕적이라는 말은 대개 긍정적으로 쓰입니다. 스스로 선택하고 의지를 내어 어려운 상황에서도 포기하지 않고 마침내 좋은 결과를 성취하게 합니다. 반면, 과욕이라는 말은 대개 부정적이지요. 지나친 욕심으로 무리하게 일을 도모하다가 결국 더 많은 것을 잃고 실패의 원인이 되기도 합니다.

지금 이 마음이 의욕인지 과욕인지 어떻게 알 수 있을까요?

내 마음이 당당하고 바르다면 그 과정에서 마주치는 시련은 모두 견뎌야 하는 것이라 생각하기도 합니다. 내가 행복하고 즐겁지 않다면 헛된 욕심이라고 조언하는 사람도 있습니다.

성공이냐, 실패냐로 결국 모든 가치는 좌우된다고 말하는 사람도 있습니다. 하지만 하나의 잣대로만 판단할 수 있는 것은 아니겠지요.

그래서 내가 지금 어디로 가고 있는지를 아는 것이 정말 중요합니다. 마음이 시작된 곳에서부터, 순간순간 선택의 과정마다, 최종 목적지를 정하는 것까지 삶의 방향성, 인생 철학이 있다면 의욕인지 과욕인지 스스로에게 질문하고 답을 찾을 수 있습니다.

여러분은 간절히 바라는 것이 의욕인지 과욕인지, 스스로 묻고 답을 찾아갈 수 있는 삶의 방향을 갖고 계시는지 궁금합니다.

책임에 짓눌리지 않으려면

살다 보면 내 몫의 책임과 의무가 부담감으로 무겁게 느껴질 때가 있습니다. '내가 원했던 것은 이게 아닌데...' 그때 잠시 숨을 고르고, 스스로에게 질문해 봅니다.

"그럼 내가 정말 원하는 것은 뭘까?"

스스로에게 질문하면, 답을 찾으려는 또 다른 나를 만나게 됩니다. 묻고 대답하고 또 묻고 대답하기를 거듭하다 보면 내 몫의 책임이 나에게 어떤 가치와 의미가 있는지를 알 수 있게 됩니다.

책임감에만 짓눌려 있는 내가 아니라, 모든 선택의 중심에 서있는 나를 만나게 됩니다.

책임진다는 것은, 내가 진정 원하는 것을 스스로 이루어내는 과정입니다. 내 소유의 것을 끝까지 챙기려 애쓰는 것만큼 내 몫의 책임도 끝까지 지키려는 노력을 기꺼이 해보는 겁니다.

내가 정말 원하는 것은 무엇일까요?

무엇이 나를 자유롭게 하는가

작은 자유는 공간의 이동이고, 더 큰 자유는 중심의 회복입니다.

일이 풀리지 않거나 상황이 답답하다고 느껴질 때, 잠시 자리를 털고 일어나 공간을 이동해 봅니다. 바깥바람을 쐬며 하늘을 올려다보거나, 시원한 물이라도 한잔 마시고 나면 상황을 바라보는 내 시선이 조금은 편안해집니다.

공간을 벗어나면 차근차근 다시 생각할 수 있는 여유를 가질 수 있습니다. 무엇이 나를 당당하게 하는지, 내 생각에 확신이 있는지, 그것에 대해 애정은 있는지, 나의 표현이 타인에게 무례하지는 않았는지.

마음의 중심 자리를 회복하면 있는 그대로 마주할 수 있는 용기가 생기고, 존재만으로 자유로울 수 있다는 것을 알게 됩니다. 호흡을 고르고, 들뜬 생각을 아랫배까지 내려 봅니다. 안개가 걷히고 앞이 보이듯이 내 마음의 중심 자리가 보입니다.

　여러분은 마음의 중심 자리를 회복하여 큰 자유를 누린 체험이 있는지 궁금합니다.

글멍
수첩

평안을 찾는 걷기 명상

1 / 산책하기에 좋은 시간과 장소를 정하세요.

2 / 머리로는 하늘의 기운이 들어오고 발바닥을 통하여
땅의 기운이 들어오는 상상을 합니다.

3 / 생명력이 가득한 땅의 기운과 교감하며 천천히
걸어봅니다.

4 / 계속 걷다 보면 새로운 기운이 들어와 충전됩니다.
맨발이면 더욱 좋습니다.

5 / 걷다가 잠시 서서 자연스럽게 숨을 들이마시고
내쉬면 몸의 느낌이 점점 충만해집니다.

6 / 그 느낌 그대로 다시 천천히 걸어봅니다.
걸을수록 다리가 가벼워지고 몸 전체가 활기차집니다.

7 / 자신의 발자국 소리에 귀 기울이며 내면의 평안을
찾습니다.

본래의 자연스러운 나로 회복됩니다.

내가 포기하면
하늘이 도울 길이 없다

하늘이시여, 저를 도와주소서!

누구나 한 번쯤은 정말 간절한 순간 하늘을 불러보았을 것입니다. 내 힘만으로는 어찌할 수 없는 어려운 일에 부딪혔을 때, 간절히 원하고 원해서 꼭 이루고 싶은 애타는 순간, 하늘을 찾습니다. 하늘이 어느 종교의 절대적인 힘을 말한다든지, 우주 만물 근원의 섭리를 말한다든지 하는 것은 간절한 순간에는 그리 중요하지 않습니다.

정말 중요한 것은 "나의 선택과 의지"입니다. 희망과 절망 사이에 "선택과 의지"가 있습니다.

내가 뜻을 품지 않으면, 하늘이 날 도울 이유가 없습니다. 내가 포기하면, 하늘이 날 도울 길이 없습니다.

희망의 불꽃은 나의 선택으로 다시 타오를 것이고. 한 걸음 다시 내디디려는 나의 의지는 동트는 새벽을 맞이하게 할 것입니다. 나만의 기준으로 재고 재단하던 가위를 내려놓아야 합니다. 어둠 속에서도 길을 더듬어, 두렵고 아픈 한 걸음을 다시 내디뎌야 합니다. 마침내 하늘이 날 도우시어 기어이 이루게 하실 겁니다.

여러분은 하늘이 도울 수 있는 선택과 의지를 세우셨는지 궁금합니다.

간절한 이유가 있는가

옛날 옛적 아득히 먼 옛날, 하늘나라 선녀님들이 지상을 내려 보다가 물이 맑고 풍경이 아름다운 곳에 내려와 목욕을 즐겼다는 전설이 곳곳에 전해져 있습니다. 하늘나라 선녀님도 반할 만큼 멋진 경치라고 감탄하며 만들어 낸 전설이겠지요! 전설을 들으며 갑자기 궁금해졌습니다. 전설 속의 선녀님들은 다시 하늘로 승천했을까요? 강물에 비친 낙락장송과 석대가 어우러진 풍경들이 아무리 아름다워도 있을 곳이 아니면 머물러도 편안하지 않겠지요. 선녀님들은 돌아가야 할 이유가 있으니 다시 돌아갔을 겁니다. 동화에서도 그렇지 않습니까? 날개옷을 나무꾼에서 빼앗겼지만 결국에는 날개옷을 찾아 돌아갔습니다.

선택에는 이유가 있고, 간절함이 있습니다. 선택의 주체가 자신임을 알고 있는 사람은 돌아가야 할 이유 또한 외부에서 찾지 않습니다. 다시 돌아가기 위한 간절함을 원망이나 후회로 남겨두지 않을 것입니다. 진정한 간절함은 선택한 것을 이루게 합니다.

여러분이 선택한 이유와 간절함에는 자신이 오롯이 서 있는지 궁금합니다.

자신과의 약속, 타인과의 약속 무엇이 중요할까?

"자신과의 약속이 중요한가요? 아니면, 타인과의 약속이 중요한가요?"
언젠가 이런 질문을 받은 적이 있습니다.

"자신과의 약속이든 타인과의 약속이든, 그 약속을 한 사람은 누구인가요?"
"저...?"

"그 약속을 지키고 싶은 사람은 누구인가요?"
"저요!"

"그 약속의 의미를 가장 잘 아는 사람은 누구인가

요?"

"저입니다."

몇 개의 질문에 대답하는 사이 질문의 답을 찾았다
며 한껏 표정이 밝아졌던 분이 기억납니다.

내가 더 중요한지, 타인을 우선해야 할지 선택해야
할 때가 있습니다. 서로가 아쉽지 않은 만족스러운 결
과를 만들려면 약속의 주체자가 자신임을 잊지 말아야
합니다.

여러분은 자신과 타인을 모두 존중하는 선택을 하
고 있는지 궁금합니다.

온전히 나를 만날 때
사랑이 시작된다

선도수행을 처음 시작한 날이었습니다. 선체조를 힘겹게 따라 하고선 자리에 앉아 양 손바닥 사이에 공간을 두어 집중하고 있는데 양 손바닥 사이에서 생각지도 못한 것이 난생처음 느껴졌습니다.

처음에는 손바닥에서 자석이 끌어당기고 밀어내는 듯한 느낌이 들더니 뾰족한 무언가로 찌르는 것처럼 전체가 강하게 따끔거렸습니다. 그런가 하더니 손 전체를 따뜻한 물 속에 집어넣은 것처럼 포근해지기도 했습니다. 여러 가지 느낌이 일어났다 사라지기를 반복하다 어느 순간부터 손이 저절로 움직이기 시작했습니다. 하늘에 떠다니는 구름처럼, 바다에 넘실대는 파도처럼 자연스럽게 움직여졌습니다. 신기하고 재미있고 새로웠습니다.

그때, 이 모든 것을 인지하면서 바라보는 또 다른 내가 느껴졌습니다. 내가 나를 만난 첫 번째 순간이었습니다. 그날을 시작으로 명상 중에 나 자신을 자주 만날 수 있었습니다. 처음에는 어색했지만, 그 누구와의 만남보다 설레고 행복했습니다.

자신과의 만남은 있는 그대로의 나를 인정하고 이해하게 되고, 사랑하게 합니다. 자신과의 만남은 순수한 집중으로 누구나 가능함을 알게 되었습니다. 내가 나를 만나기 위해서는 온전히 나를 마주해야 합니다. 내가 나를 만났을 때 비로소 나를 향한 사랑이 시작되기 때문입니다.

여러분도 날마다 자기 자신과 만나는 행복한 시간을 만들고 계시는지 궁금합니다.

좋아하면 좋아진다

좋아하면 좋아진다!

몸이 좋아지고 건강해지길 원하면서도 바라보는 시선이 못마땅하거나, 마음에 들지 않는 것만 더 눈에 들어올 때가 있습니다. 좋아하지 않는 시선으로 계속 바라보며 좋아지길 바라는 마음은 욕심이겠지요.

진짜 좋아지려면 어떻게 해야 할까요? 바라보는 시선에 좋아하는 마음부터 담아 봅니다. 그러면 시선을 따라 좋은 기운이 들어올 것이고, 분명 좋아질 겁니다.

선도에는 '기생심氣生心 심생기心生氣'라는 원리가 있습니다. '기운이 가는 곳에 마음이 생기고, 마음이 있는 곳에 기운이 생긴다.'라고 하면 쉽게 이해가 되겠지요?

좋아하는 마음이 가는 곳에 좋은 에너지가 생기고 흐릅니다. 몸의 건강이 좋아지기를 바란다면, 좋은 마음으로 좋아하는 시선으로 내 몸을 바라보는 것부터 시작해 봅시다.

인간관계가 좋아지기를 바란다면, 좋아하는 마음으로 상대방을 떠올리고 싱긋 웃어주는 것부터 시작해 보는 거죠. 분명 새로운 길이 열릴 겁니다.

좋아~!!!

내 이름을 부르면

누군가 내 이름을 부르면 "네!" 라고 대답하며 상대방에게 눈길을 줍니다. 그렇다면 내 이름을 내가 불러보면 어떻게 반응할까요?

막상 부르려 하면 어색하겠지만 그래도 아랫배에 힘주고 내 이름을 소리 내어 불러봅니다.

내 이름이 입에서 터져 나오는 순간, 가슴 한가운데에서 울컥하며 솟아나는 뜨거움이 있습니다. 눈물도, 울분도 아닌 뜨거움으로 정신이 차려집니다. 왜 그렇게 살아왔는지 다 이해가 되고 억울함 없이, 있는 그대로 순순히 받아들여집니다. 이름을 불러주었을 뿐인데!

나의 이름을 당당하게 불러봅니다.

나의 이름을 다정하게 불러봅니다.

나의 이름을 간절하게 불러봅니다.

괜찮아! 충분히 잘하고 있어!

네가 주인공이야!

함께하는 사람들에게 감사하자!

어떤 대답이든 끄덕끄덕

내 마음에 여유로운 공터가 생깁니다.

여러분도 자신의 이름을 소리 내어 불러주세요.

칭찬과 응원이 고픈 날

살다 보면 약간의 칭찬과 힘나는 응원이 고픈 날이 있습니다. 하지만 지금 나에게 관심 가지고 센스 있는 응원 한 마디 해 줄 사람이 없다면 왠지 우울해집니다. 바로 그때 스스로에게 먼저 말 걸어 보세요!

"잘하고 있어! 괜찮아! 충분해!"

저에게 자주 건네는 말들입니다. 나에게 딱 필요한 응원의 메시지를 꼭 필요한 순간에 해주는 겁니다. 그러면 놀랍게도 새로운 에너지가 샘솟습니다. 누군가 나를 믿어주고 응원해줘도 힘이 나지만, 스스로를 응원하는 것만큼 마음이 든든할 때가 없습니다. 누군가 나를 알아주고 칭찬해 줘도 뿌듯하고 기쁘지만, 스스로를 인정하고 존중하는 것만큼 행복할 때가 없습니다. 누군가 나를 이해해 주고 배려해 주면 정말 고맙고 안심이 되지만, 스스로를 다독이며 용서할 때 진정한 마음의 평안이 찾아옵니다.

누군가를 진심으로 응원하고 칭찬해 줄 수 있는 괜찮은 사람이 되고 싶다면, 자신부터 믿고 인정하며, 스스로를 칭찬해 주세요. 처음엔 서툴러도 매일매일 하다 보면 나도 주위 사람들도 환하게 밝아질 겁니다.

여러분은 스스로에게 어떤 응원의 메시지와 칭찬을 해주고 싶나요? 오늘 딱 필요한 그 말이 뭔지 궁금합니다!

아침을 여는 좋은 습관

1 / 아침에 눈 뜨기 전 누운 채로 천천히 숨을
들이마시고 내쉽니다. 몸과 의식이 깨어난다는
느낌으로 깊은 숨을 쉽니다.

2 / 눈을 감은 상태에서 '감사합니다'를 3번 소리 내어
말합니다.

3 / 눈을 뜨고 '감사합니다'를 3번 소리 내어 말합니다.

4 / 얼굴에 미소를 띠고 기지개를 크게 켜며 큰 소리로
'감사합니다'를 3번 소리 내어 말합니다.

활기찬 하루를 시작하는 좋은 습관입니다.

몸이 건네는 메시지

파트너	· 짝이 되어 함께 일하는 상대
	· 둘이 한 짝이 될 때, 그중 한 명의 상대

'짝을 이루어 함께 하는 상대' 곱씹어보니 새삼 아름다운 말입니다. 세상에는 많은 파트너가 있을 터인데, 그중에 가장 가깝고 운명적인 파트너는 누구일까요?

저는 몸과 마음이 짝이라 생각합니다. 몸이 아플 때는 모든 것이 귀찮아지고, 아픈 나를 배려해주지 않는 주변 사람들에게 참 섭섭한 마음이 듭니다. 아픈데도 불구하고 내가 얼마나 참아가며 일하고, 공부하고, 노력하고 있는지 알아주지 않으니 또 속상합니다.

속상한 마음이 겹을 쌓고 있을 때 문득, 몸이 말을 건네왔습니다.

"나는 당신의 파트너 '몸'이야. 당신이 이 생을 시작할 때부터 쭉 함께 해왔지! 당신이 원하는 만큼 좋은 몸이 되지 못해 미안해. 당신은 나에게 정말 귀하고 좋은 친구야! 당신의 꿈을 이루는데, 내가 가치 있게 쓰일 수 있어 정말 기뻐. 앞으로도 당신의 꿈을 위해 함께 하고 싶어. 당신의 좋은 짝이 되고 싶어. 나를 사랑해 줘~"

몸이 건네는 메시지에 왈칵 눈물이 났습니다. 그리고 나의 짝꿍 몸에게 내 마음의 메시지를 전해주었습니다.

"나의 파트너, 몸이 보내는 신호를 놓쳐 버리고 무시했구나! 이 몸만 아니면 내가 하고 싶은 걸 다할 수 있을 텐데라고 널 원망하면서 정작 널 돌보지 않았어. 미안해! 진심으로 미안해! 나의 파트너, 몸은 나에게 정말 소중한 친구야. 나의 꿈을 함께 이뤄갈 진정한 짝이야! 소중히 대하고, 널 자주 만날게. 언제나 사랑해! 이 생이 다하는 그 순간까지 함께 해줘!"

여러분은 최고의 파트너, 몸에게 어떤 메시지를 보내고 싶나요?

머리는 맑고 시원하게,
수승화강

최근 북미 지역에서 50도 가까운 더운 날씨가 이어지면서 '열돔 현상'에 대해 자주 듣습니다. 기상 이변으로, 찬 공기와 더운 공기를 섞어주는 제트기류가 제 역할을 하지 못하면서 더운 공기가 한 곳에 정체되어 뜨거운 지붕처럼 덮어버리는 것이 열돔 현상입니다.

건강한 순환이 흐트러져서 다스릴 수 없는 현상들이 일어나는 상태, 선도수행에서는 '주화입마走火入魔'의 상태라고 합니다. 지금 우리 지구의 상태가 그러합니다.

제트기류가 우리 생활에 어떤 영향을 주는지 평소

에는 무관심했더라도, 지구의 큰 순환이 깨져서 일상생활이 힘들어지는 날씨가 되고 보니, 건강한 순환이 얼마나 중요한가, 모두가 깨우치고 있습니다.

건강한 순환이 일어나면 어떤 상태가 될까요? 선도 수행에서는 '수승화강水昇·火降'이라 합니다. 아랫배는 따뜻하고 머리는 시원한 상태가 바로 건강한 순환이 일어나는 상태를 말하는 것입니다.

에너지를 잃고 정체된 '화'는 위로 둥둥 떠서 헤매지만, 힘을 가진 건강한 '화'는 아래로 내려와서 물을 데우고 바람을 일으키는 에너지원이 됩니다.

따뜻한 에너지를 품은 물이 위로 올라가서 맑은 하늘에 구름을 만들고 다시 비가 되어 아래로 내려오는 건강한 순환이 이루어질 수 있도록 합니다.

건강한 순환이 잘 이루어지는 상태, 수승화강! 머리는 맑고 시원한지, 아랫배는 따뜻하고 충만한지 스스로 점검해 볼 수 있으면 좋겠습니다.

여러분은 오늘 수승화강이 만들어졌는지 궁금합니다.

제 4 장

글
멍

동그란 의식

의식이 밝고

동그란 사람이 있습니다.

어두운 밤에 낯선 길을 간다고 상상해 보세요. 어두워서 앞은 잘 보이지 않고 초행길이라 잘 모르니 두려움에 공포심이 일어날 것입니다. 지금 눈을 가린 채로 한번 걸어 보세요. 같이 있는 사람이 앞에 아무것도 없으니 그냥 걸어와도 된다고 얘기해도 한 걸음 떼기가 쉽지 않을 것입니다.

사람의 의식도 마찬가지입니다. 의식이 어두우면 보이는 것이 협소하여 의심이 많아지고 자신에 대한 믿음도 약해집니다. 그래서 생각은 편협해지고 행동은 소극적일 수밖에 없습니다. 의식이 밝으면 전체가 다 보이고 자신에 대한 믿음도 강해져서 긍정적으로 생각하고 적극적으로 움직이게 됩니다.

의식이 밝고 동그란 사람이 있습니다. 사람에 대한 존중을 갖추고 찌그러지지 않고 모나지 않은 에너지를 나눌 줄 아는 사람입니다. 자신뿐만 아니라, 주위 사람과 더 나아가 자연과도 주고받는 것을 잘 하는 사람입니다. 이렇게 에너지를 잘 주고받는 사람은 이런 말을 많이 듣고 많이 합니다. "덕분입니다" 덕분德分이란 덕을 골고루 잘 분배한다는 뜻이 담겨있습니다. "덕분입니다"라는 말은 할 때에도 들을 때에도 참 행복합니다.

평소에 덕을 베풀며 살고 계신가요? 아니면 덕을 보며 살고 계신가요? 이왕이면 덕을 나누며 살아갑시다.

나의 이익만을 고집하는 작고 어두운 의식에서 벗어나 전체에 선한 영향력을 미치는 넓고 밝은 의식으로 함께 살아갑시다. 덕분이라는 말을 서로에게 많이 하면서 둥글게 살아갑시다.

그것이 모두를 살리는 지혜, 공생共生일 것입니다.

동그란 의식 글멍을 통해서 의식이 더 밝아지고 성장하는 시간 되시길 바랍니다.

성난 바다에서 물고기를 낚을 수 없는 것처럼

마음은 그게 아닌데 내가 하는 말과 행동이 상대방에게 다른 의도로 전달되어 당황스러울 때가 있습니다. 상대방의 사소한 표정이나 말투에 신경이 바짝 곤두서서는 '저건 아니지 않나? 또 저러네.' 하면서 자꾸 내 생각에만 머물러 앞뒤 좌우가 보이지 않는 날이 있습니다. 그 순간이 지난 후 스스로에게 꿀밤을 놓으며 '아, 내가 왜 그랬지! 뭣이 중헌디!'라며 자책하기도 합니다.

파도가 어지럽게 일어나는 성난 바다에서 물고기를 낚기 어려운 것처럼 거칠고 불안한 에너지로는 중요한 것을 놓치기 십상입니다.

사람들과 서로 다른 생각을 주거니 받거니 하며 원활하게 교류하고, 감정 소모 없이 내 마음과 상대의 마음을 있는 그대로 통하고 싶다면 에너지 파장이 어떤지 주파수는 어디에 맞춰져 있는지 스스로 점검할 수 있어야 합니다.

숨을 길게 내쉬며 생각을 천천히 가다듬어 보는 것은 좋은 점검법입니다. 에너지는 공명하는 성질이 있어서 내가 먼저 파장을 고르고 주파수를 맞추면 어느새 상대방도 나와 함께 안정될 것입니다.

여러분은 하루 중에 자신의 에너지 파장과 주파수를 점검하고 다듬는 시간을 얼마나 만들고 계신지 궁금합니다.

좋은 관계는
주고받는 것이 같다

"지금 내 마음을 어지럽게 하는 문제가 있다면 무엇인가요?" 이런 질문을 받는다면, 아마 열 명 중 대여섯 명은 '인간관계'라고 대답할 겁니다. 만나는 모든 사람과 완벽한 관계를 만드는 것은 욕심이겠지만, 가까운 사람들과 좋은 관계로 지내고 서로에게 힘이 되는 존재가 된다면 기쁘고 행복할 겁니다.

좋은 인간관계를 만들려면, 주고받는 것이 같아야 합니다. 내가 상대방에게서 받고 싶은 것을 나도 상대방에게 줄 수 있어야 하는 거지요. 내가 존중받고 배려 받고 싶다면, 나도 상대방을 존중하고 배려해야 합니다.

강압하거나 칭얼대는 것은 도움이 되지 않습니다. 인정받고 칭찬받고 싶다면, 나도 진정한 칭찬의 말을 해야 합니다. 그렇다고 다섯 개를 주면 다섯 개를 받는 거래를 의미하는 것은 아닙니다. 다섯 개를 주고 하나를 받을 때도 있고, 두 개를 주었는데 열 개를 받을 때도 생깁니다. 내가 받고 싶은 것과 주려고 하는 것이 늘 같을 때, 어느새 상대방도 나의 마음을 알아차리고 서로 통하는 좋은 사이가 될 겁니다.

좋은 인간관계를 원한다면 내가 진짜 원하는 것이 무엇인지 내 마음을 먼저 들여다보길 바랍니다. 인간관계를 좋아지게 하는 열쇠를 분명 찾을 수 있을 겁니다.

여러분은 인간관계 속에서 원하는 것을 잘 주고받고 있는지 궁금합니다.

열린 귀와 닫힌 귀

'듣다'의 한글 자음 'ㄷ'은 한쪽이 열려 있는데 사람의 귀 모양과도 닮았습니다.

'닫다'를 보면 모음 'ㅏ'가 'ㄷ'의 입구를 막아서고 있어서, 들어오는 것이 원활하지 않아 보입니다.

열린 귀와 닫힌 귀의 차이는 무엇일까요? 사람은 두 개의 귀가 있어서, 온갖 소리를 들으면서 압력을 느끼고 균형을 잡기도 합니다. 그런데 '귀가 닫혀 있다.'라는 표현은 어떤 상태를 말하는 걸까요?

상대에 대한 관심보다는 자신이 가지고 있는 정보와 판단으로만 가득 차 있는 경우입니다. 어떤 얘기도

들으려 하지 않을 때 귀가 닫혀있다고 합니다.

선택에 대한 의지와 확신은 새로운 일을 해나갈 수 있는 가장 큰 원동력이지만, 자신이 가진 정보에만 의존하여 판단하려 한다면 귀가 닫히게 됩니다.

정보를 선택하기 전에 자신에 대한 믿음과 사랑이 중요합니다. 믿음과 사랑은 좋은 연료가 되어 두려움과 불안을 활활 태우고 닫힌 마음과 닫힌 귀를 열리게 합니다. 귀가 열린 사람은 누군가의 노력에 격려와 응원을 아낌없이 해줍니다.

'듣다'는 열린 귀! 내가 알고 있는 정보와 부딪힘이 일어나더라도 듣는다는 것은 상대에 대한 가장 순수한 애정 표현입니다.

열린 귀는 열린 마음! 열린 귀로 들으면 상대를 있는 그대로 인정하게 되고, 칭찬과 위로를 해줄 수 있는 덕스러운 입도 열어 줍니다.

오늘 여러분의 귀는 활짝 열려있는지요?

원망을 풀고 서로를 살린다

'해원상생解冤相生'이라는 말이 있습니다. 풀이하면, "원망을 풀고 서로 살린다."라고 이해할 수 있습니다.

자신을 바라보는 시선, 주위 사람들과 인간관계, 더 나아가 인간과 자연의 관계에서도 해원상생이 필요합니다. 이해하고 용서하고 용서받으며 맺힌 것을 풀어낼 때 더 건강하고, 더 행복하고, 더 평화로운 상생이 시작될 수 있습니다. 그런데 이해하고 용서하고 용서받는 일이 너무나 어렵게 느껴지고 원망이 크고 단단해서 엄두조차 나지 않을 때가 있습니다. 그럴 때는 순서를 뒤집어서 '상생'부터 생각해 봅니다.

허공은 바람에게 공간을 내어주고, 땅은 씨앗에게 뿌리내릴 틈과 생명력을 내어줍니다. 서로를 살리기 위해 기꺼이 내어주면서 생명은 자라나고 순환하여 존재합니다. 내어줄 때 기대나 바람은 없습니다. 내어줄 수 있는 만큼 최선을 다해 내어줍니다. 살리기 위해 내어준 마음은 밝고 가볍습니다. 원망도, 아쉬움도, 탓하는 감정도 모두 사라집니다.

살리기 위해 내어준 마음은 너그러움입니다.
살리기 위해 내어준 마음은 품어줌입니다.
살리기 위해 내어준 마음은 용서입니다.
살리기 위해 내어준 마음이 '해원상생'입니다.

여러분은 해원상생하고 싶은 상대가 있나요?
먼저 마음을 내어주실래요?

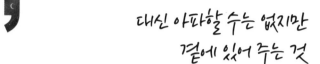

대신 아파할 수는 없지만
곁에 있어 주는 것

공감은 상대를 존중하는 것에서 시작합니다. 나와 다름을 인정하고 각자의 개성이 빛날 수 있도록 응원할 때 공감의 문이 열립니다.

공감은 나와 남의 연결고리입니다. 대신 아파할 수는 없지만 아파하는 그대가 외롭지 않게 곁에 있어 줄 수 있습니다. 그대의 행복을 질투하지 않고 진심으로 축하해 줄 수 있습니다.

공감은 온전히 함께할 수 있는 시작입니다. 앞서가는 사람을 진심으로 따르고 옆에 있는 사람과 어깨가 부딪히는 것을 허락하며 뒤처지는 사람에게 먼저 손

내밀 수 있습니다.

공감은 가장 인간적 감성이며 인도적 감흥입니다.
공감은 사랑입니다.

오늘 여러분은 누구와 공감을 나누셨는지 궁금합
니다.

소통의 시작은 집중이다

최근 청년들과 얘기를 나눌 기회가 있었습니다. 반짝이는 눈빛으로 자신의 꿈과 성장에 대해 진솔하게 얘기하는 모습을 보았습니다. 새로운 에너지가 동화되는 좋은 느낌으로 이야기를 경청하다 보니 진심으로 응원하게 되고 격려의 말을 건네게 되었습니다. 누군가를 이해한다는 것이 쉬운 일은 아니지요. 더구나 세대가 다르면 더욱 그럴 수 있습니다. 하지만 허심탄회하게 나누는 대화는 이해의 폭을 더 넓게 만들어주는 증폭제가 되었습니다. 저 또한 그 시절을 겪었기에 함부로 훈수 두지 않으려 노력하였습니다. 인생의 방향과 목적에 대해서 오롯이 고민하는 청년들의 모습이 찬란하게 빛나는 시간이었습니다.

서로 다른 생각을 나누는 소통과 공감에는 놓치기 싫은 매력이 있습니다.

'오~ 그렇게 생각할 수도 있구나.'
'와~ 저런 마음으로 바라보고 있었구나.'
'아~ 이런 고민을 하고 있구나.'

경계를 내려놓고 서로 다름을 알아가고 공감하기 위해 온전히 경청하려면 아랫배 힘을 단단히 주고 있어야 합니다. 나의 관념에서 일어나는 생각과 감정에 흔들리지 않고 평안한 에너지 상태로 상대방에게 집중하려면 중심을 잘 잡아야 하기 때문입니다. 중심 잡힌, 평안한 에너지로 사람들과 나누고 공감하며 소통하는 기쁨을 많이 누리면 좋겠습니다.

여러분은 최근 어떤 소통의 기쁨을 찾으셨는지 궁금합니다.

글멍
수첩

인간관계 스트레스에서 벗어나는 방법

—◆—

최악의 방법 3가지는 피하세요.

1 / 내가 받은 스트레스를 약한 사람에게 풀기

　　자신이 받은 스트레스를 부하 직원이나 가족에게 푸
　　는 건 관계를 더 악화시킵니다.

2 / 폭식, 폭음으로 풀기

　　자제가 안 되는 폭식, 폭음은 폭언, 폭행으로 이어질
　　수 있고 악순환의 고리가 되어 멈추기 힘들어집니다.

3 / 자신을 책망하고 자책하고 비하하며 풀기

　　모든 것이 자신 때문이라고 책망하면 이 세상에 나
　　만 없어지면 되겠네라는 우울감에 휩싸이게 됩니다.

좋은 방법 3가지를 추천합니다.

1 / 고개를 천천히 앞뒤로 젖히고 숙이기

　　숨을 들이마시며 고개를 천천히 뒤로 젖히고 입을 벌리고 내쉬며 고개를 앞으로 숙여 보세요. 반복하는 동안 불안감과 절망감으로부터 스스로를 구원할 수 있습니다.

2 / 자리에서 일어나 걷기

　　하늘이 보이는 공간으로 이동해서 걸어보세요. 약간 빠른 걸음으로 걸으면 가슴의 열이 빠져나가고 악순환의 고리가 끊어질 것입니다.

3 / 주변 물건 정리하기

　　책상을 정리하거나 쓰레기통을 비워보세요. 스트레스로 인한 위험한 순간을 넘기고 선순환으로 이어져 다스림의 주체가 될 것입니다.

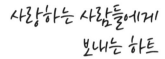

사랑하는 사람들에게
보내는 하트

누군가 잘라둔 나무를 보면서 "이렇게 보면 하트 모
양, 이렇게 보면 사람 같네!" 라고 재미있는 상상을 더
해 본적이 있습니다. 우리가 하트 모양을 좋아하는 건
'사람'을 닮았기 때문인가 봅니다.

가까이에서 자주 만나는 사람, 오랜만에 만나는 사
람, 상처로 남아있는 사람, 오래오래 함께하길 바라는
사람, 이 생에서 인연 맺은 모든 사람에게 감사와 사랑
의 하트를 보냅니다. 탓하는 마음이 사라진 자리에 감
사하는 마음이 눈처럼 내리고 원망하는 감정이 지워진
자리에 사랑하는 마음이 바람처럼 자유롭습니다.

여러분은 오늘 누구에게 하트를 보내고 싶으세요?

마음을 살리는 대화법

사람들이 만나면 제일 많이 주고받는 것이 '말'입니다. 우리나라 속담에 '가는 말이 고와야 오는 말이 곱다'라는 말도 있죠.

선도문화에서는 말을 이렇게 표현합니다.

'말'은 '마+알'로 이루어진 것으로 '마'는 마음을 뜻하고, '알'은 알맹이를 뜻합니다. 바로 '마음의 알맹이'를 '말'이라고 합니다. 말을 한다는 건 마음의 알맹이를 꺼내는 것과 같습니다. 어르신이 말을 할 때는 '말씀'이라고 하는데 '마음 씀씀이'의 줄임말입니다. 어른이 된다는 건 마음을 쓸 줄 아는 사람이 된다는 것입니다. 마음을 쓸 줄 모르면 나이만 먹었지 진짜 어른이라고 할 수가 없는 거죠.

마음의 알맹이 = (말)   마음 씀씀이 = (말씀)

말은 마음의 알맹이를 꺼내서 소리에 담아 상대방에게 전달하는 것입니다. 쭉정이가 아니라 알맹이지 않습니까? 그래서 고운 말은 바로 내 마음의 진짜 소중한 알맹이를 상대방에게 건네는 것과 같습니다. 툭 던지듯이 건네는 것이 아니라, 잘 받을 수 있도록 존중하는 마음으로 건네야 합니다. 그래서 말은 정말 중요합니다. 서로에게 어떤 알맹이를 주기도 하고 받기도 하는지 말을 하면서 느껴 보셨으면 좋겠습니다.

여러분에게 제 마음의 알맹이 하나를 전해 드리겠습니다.

'당신이어서 진짜 다행입니다.
당신과 함께여서 고맙습니다.'

어려운 사람과 친해지려면

길고양이에게 먹이를 챙겨주면서 친해지고 싶어 방법을 검색해 보았습니다. "고양이가 좋아하는 걸 해주려고 하기보다 싫어하는 걸 하지 않는 게 우선입니다. 함부로 다가가지 말고 귀찮게 하지 마세요. 하지만 다가올 여지를 남겨두며 호감을 계속 보여주고, 모든 노력과 시도를 하되, 고양이 시각에서 바라보아야 합니다." 글을 보며 '아! 이렇게 하면 고양이뿐만 아니라, 사람들과도 잘 지낼 수 있겠구나!'라는 생각이 들었습니다.

내 기준과는 다른 말과 행동을 하는 사람을 보면 제대로 알려줘야겠다는 조급한 마음이 앞서 관계가 어려워지는 경우가 있습니다. 어긋나버린 관계를 되돌리는 건 점점 어려워지고, 내 진심을 받아주지 않는 것이 참 속상하기도 합니다. 하지만 제대로 가르쳐 주는 것이 내 역할이라고 확신하며 역할로만 사람을 대하는 것은 아닌지 되짚어 보게 됩니다.

관계를 되돌리고 싶다면, 먼저 믿어주고, 인정해주고, 칭찬해 줍시다. 역할을 다하려는 의무보다 마음껏 사랑하고 사랑받고 싶다는 의지가 먼저입니다. 사랑을 계속 보여줍시다. 언제까지? 상대방이 변화할 때까지? 아니요, 내 사랑이 온전히 다 전해질 때까지! 내가 줄 수 있는 것은 오직 사랑이니까요.

여러분은 어려운 사람에게 어떻게 사랑을 전하고 계신지 궁금합니다.

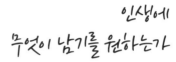
인생에
무엇이 남기를 원하는가

전해오는 소식 중에 탄생, 결혼, 병고, 부고 소식을
들으면 마음이 먼저 달려갑니다. 기쁜 일에는 기쁜 마
음이 달려가고, 힘든 일에는 함께 나누고자 하는 마음
이 달려갑니다.

시시때때로 일어나는 일들이 때로는 사건이 되고,
때로는 사연이 되어 인생이라는 드라마를 엮어갑니다.
기쁜 일만 있을 수 없고, 어려움을 피할 수도 없는 것
이 인생입니다.

기쁜 일이 있을 때 같이 기뻐할 사람이 있고 슬픈
일이 있을 때 위로해 줄 사람이 있다면 얼마나 든든하

겠습니까? 기쁨도 슬픔도 함께 나눌 사람이 있다면 성
공한 인생입니다.

남들보다 더 많은 물질과 더 높은 자리를 차지하는
것도 성공이라 할 수 있지만 그보다 중요한 것이 있습
니다. 나누고자 하는 마음과, 함께 할 사람들이 있다
면 진짜 성공한 인생이라고 자부할 수 있습니다. 진짜
성공한 사람은 행복을 창조하는 사람입니다. 나눌 수
있는 기쁨과 함께 할 수 있는 감사함이 오늘을 행복하
게 합니다.

주어진 시간이 모두 지나고 나서 여러분 인생에 무
엇이 남기를 원하십니까? 그것을 위해 지금 무엇을 어
떻게 하실지 궁금합니다.

눈물 흘리는 어른

"와~ 어른이 다 됐네!"

평소 어리다고만 생각했던 아이가 스스로 제 몫의 역할과 책임을 다하고 어려움을 늠름하게 이겨내는 모습을 볼 때, 어른스러워졌다고 칭찬합니다.

선도仙道에서 '어른'은 얼이 큰 사람, 의식이 성장한 사람을 뜻합니다. 자신의 책임을 다하고, 주위 사람을 돌아보며 어려운 사람을 돕는 여유가 있는 사람. 우리는 언제 어른이 될까요? 그 수많은 장면 중에 '눈물'을 이야기 할까 합니다.

새로운 의지로 용기 낼 때 솟아나는 뜨거운 눈물이 있습니다. 사랑하는 마음으로 두려움 없이 행동할 때 흘리는 맑은 눈물이 있습니다.

피하지 않고, 물러서지 않고, 온전한 마음으로 다가서는 그때 하염없이 눈물이 흐릅니다. 알아주지 않아도 멈추지 않는 그 마음씀은 눈물을 통해 어른이 되어 갑니다. 눈물을 흘리고 있는 어른이 있다면, 꼭 말해주세요.

"당신의 용기를 칭찬합니다.
그 의지를 존경합니다. 그 사랑에 감사합니다.
오늘의 눈물은 아프겠지만, 내일 한 뼘 더 성장해 있을 당신을 축복합니다."

여러분은 어떻게 어른이 되어가고 있는지요?

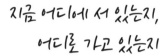

지금 어디에 서 있는지,
어디로 가고 있는지

일반적으로 어린아이나 신입사원에게는 엄격하게 책임을 묻지 않습니다. 책임진다는 것은 맡은 바 소임이 무엇인지 명확하게 알고, 그것을 해결할 의지를 가지고 행동함을 뜻합니다. 강력한 의지로 헤쳐 나갈 때 그 책임을 다할 수 있습니다.

책임자는 대체로 어른들입니다. 책임자는 자율과 권한을 가지는 것만큼 고민하고 노력하는 사람입니다. 역할에 따라 할 일은 나눌 수 있지만, 책임자가 갖는 마지막 책임은 나눌 수 있는 것이 아닙니다. 온전히 책임자의 몫입니다. 책임자의 말과 행동에는 사람들을 움직이게 하고 동참하게 하는 힘이 있습니다.

어디에서 와서 어디로 가는지, 자신의 실체를 알고
싶어 하는 구도심은 자기 삶의 책임자가 되고 싶은 열
망입니다.

지금 어디에 서 있는지, 어디로 가고 있는지 애정
어린 관심으로 함께하려 합니다. 순간순간 만나는 안
과 밖의 문제들을 피하거나 외면하지 않고 하나씩 헤
쳐 나가려 합니다.

드러내어도 부끄럽지 않은 사람이 되어야겠습니다.
한 걸음에 한 걸음이 더해져 마침내 모두를 살리는 공
생의 큰 길로 나아가길 간절히 바라며 책임자의 길을
가겠습니다.

여러분은 책임 앞에 어떤 어른으로 존재하는지 궁
금합니다.

사랑하는 사람을 위한 명상

··

"좋은 기운을 보낸다는 것은

진심이 전해지는 것입니다."

··

1 / 좋은 기운을 누군가에게 보내려면 먼저 자신의

기운부터 충전해야 합니다.

편안히 앉아서 눈을 감고 양손을 가슴 앞에 모으고

맞닿은 손가락의 느낌에 집중합니다.

2 / 양손 사이를 창문 열듯이 천천히 벌리면 바람이
    드나들 듯 좋은 기운이 양손 사이에서 느껴집니다.
    기운을 느끼는 것만으로도 충전됩니다.

---

3 / 좋은 기운을 보낼 사람을 떠올려 보세요. 그분의
    미소 짓는 환한 얼굴과 좋아진 모습을 상상하며
    양손을 앞으로 뻗어서 기운을 보냅니다. 시간과
    공간을 초월하여 지금 사랑하는 사람에게
    전해집니다.

---

4 / 좋은 기운을 보내면 진심이 전해져 모든 것이 제
    자리를 찾게 됩니다. 서로를 존중하고, 이해하며
    용서하는 인간다운 모습을 회복합니다. 살아갈
    모든 날들에 서로를 위하여 무한한 축복과 사랑을
    보냅니다.

 <만월도전 선도명상> 채널
'감사의 마음으로 좋은 기운 보내기 명상 가이드' 영상

우리는 하나로 연결되어 있다

얼마 전 스페인의 작은 도시에서 열린 리트릿 프로그램에서 온라인 강의를 할 기회가 있었습니다. 온라인으로 만났지만, 유럽 각국에서 모인 참가자들과 에너지로 소통하며 연결되어 있음을 느낄 수 있었습니다. 자신을 믿고 누군가를 도우며 살아가는 '지구시민의 삶'을 주제로 강의와 힐링 명상을 지도하였습니다. 강의와 명상을 모두 마친 후 참가자의 소감 중에 이런 내용이 있었습니다.

"오늘 당신을 만나서 마음이 크게 열렸고 나 자신에 대한 믿음이 많이 커졌습니다. 주변 사람들을 돕기 전에 먼저 나 자신에 대한 믿음이 꼭 필요했었구

나. 우리 모두가 하나로 연결되어 있구나. 서로 돕
고 살아가는 우리 한 사람 한 사람이 정말 귀하고
아름답구나. 깨우침을 주는 체험이었습니다."

하나로 연결되어 있다는 것은 학습으로 알게 되는
지식이 아니라, 자신에 대한 믿음을 바탕으로 에너지
를 느끼며 소통할 때 저절로 열리는 감각입니다.

일방적이지 않으며 상대를 존중하는 마음
편협하지 않으며 전체를 살리는 마음
나와 너, 서로에 대한 믿음

믿음은 우리가 연결되어 있음을 느끼고 깨닫게 하
며, 서로 돕는 마음을 절로 일으키게 합니다.

여러분은 연결된 우리를 위해 어떻게 돕고 나누었
는지 궁금합니다.

나누고 싶어 하는 마음은 본능이다

"맛이 있을지 모르겠네~!" 어릴 적 옆집 아주머니가 낮은 담 너머로 음식 접시를 건네며 늘 하시던 인사였습니다. 방금 만든 뜨끈뜨끈한 김치전이며, 풋풋한 향이 살아있는 쑥떡이며, 어느 하나 맛있지 않은 게 없었습니다. 낮은 담을 넘어 다시 돌아가는 접시에는 어머니가 챙겨주신 귤, 감자, 옥수수들이 소복이 담겼더랍니다.

그 시절에는 나눈다는 것이 그리 어렵지 않았습니다. 살림이 풍족해서가 아니라, 작은 것도 나누고 싶어 하는 마음이 있었기에 기꺼이 나누고 함께 하는 것이 우리네 문화였습니다. 나누면 작아지고 분리되는 것이 아니라, 배가 되고 기쁨이 된다는 것을 자연스레 배울 수 있는, 소중한 문화입니다.

나누면 제일 기쁜 것은 나 자신입니다. 나누는 자신이 대견합니다. 내가 먹고 내가 가져야 기쁠 것 같은데, 남이 먹고 가진 것을 보면서 내가 더 기쁘고 뿌듯해집니다. 이유를 설명하기 어렵지만 그 기쁨을 알게되면 자꾸 나누고 싶어집니다.

'우리'이기에 나누는 것이 좋습니다. 한얼 속에 한울안에 한알이니까요. 내가 우리 안에 있으니까 함께 하고 나누는 것이 자연스러운 것입니다. 나눔을 꾸준히 실천하시는 분들이 "당연히 해야 할 일을 했을 뿐입니다."라고 겸연쩍은 미소를 짓는 경우를 종종 봅니다. 이러한 나눔의 본능이 '홍익弘益'입니다. 우리 민족의 건국이념인 홍익, 널리 인간을 이롭게 하라! 사람 간에 셈법이 복잡해진 요즘이지만, 우리가 살아가는 방식이 홍익이라면 좋은 세상이 될 것입니다.

여러분은 어떤 마음으로 함께 나누시는지요?

공생의 시작

공空은 열려있고 비어 있어서 새로운 창조가 언제나 일어날 수 있는 무대입니다. 우리는 숨을 통해 허공을 공유하면서 생명을 유지합니다. 숨을 움켜쥐고 가두어 소유할 수 없듯이 허공은 모두의 것입니다.

공생共生은 공유하고 공존하는 것입니다. 있는 그대로 인정하는 것부터 시작되기에 아름다운 동행이 될 수 있습니다. 공생은 함께 살아가는 지혜입니다. 자신과 전체에 도움을 주고받을 수 있는 믿음이고 기쁨입니다.

여러분의 마음속에 공생의 공이 여유롭게 자리 잡고 있는지 궁금합니다.

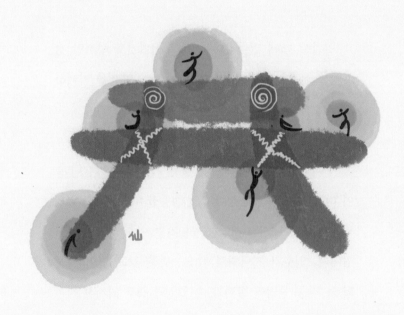

공감하는 뇌, 거울 뉴런과 홍익 철학

인간에 대해 알아간다는 것은 어렵기도 하지만 참 흥미롭습니다. 특히 '뇌'에 대한 공부는 '인간'을 이해하고 깨우치는데 많은 도움이 됩니다.

우리의 뇌에는 '미러(거울) 뉴런 시스템'이 있습니다. 이 미러 뉴런 덕분에 상대방의 행동을 따라 할 수 있게 되는데 흉내 내기가 사소해 보이지만 아주 중요한 능력입니다. 인류가 지금처럼 학습능력을 갖고 언어와 문화 등 각종 문명이 발전할 수 있었던 것도 여기서 시작된 것이죠. 다른 영장류와 비교해도 인간은 훨씬 더 발전된 미러 뉴런 시스템을 갖고 있어서 상대방의 의도를 짐작하고 감정을 공감하는 능력이 뛰어납니다.

'미러 뉴런'이라는 이름에서 짐작할 수 있듯이, 내 머릿속에는 맑은 거울이 있습니다. 상대방의 행동을 보면서 내가 행동하는 것처럼 반응하고, 상대방의 표정과 몸짓에서 나오는 감정을 나도 같이 느끼며 공감합니다. 네가 아프면 나도 아프고, 네가 슬프면 나도 슬프고, 네가 웃으면 나도 좋은 것, 모두 미러 뉴런의 작용인 것이죠.

너와 내가 본디 하나이고, 내 안에 맑은 하늘이 있으니 널리 인간을 이롭게 하라는 '홍익'의 철학이 미러 뉴런 시스템으로 어렵지 않게 설명될 것 같습니다.

여러분도 미러 뉴런이 작동해서, 맑은 거울에 비친 상대방의 감정에 함께 공감하고 홍익하는 마음을 낸 경험이 많으시죠? 어떤 공감과 어떤 홍익이 있었는지 궁금합니다.

오감 너머 영성으로

'배부른 성자는 없다.'

'빈곤 속에서 예술가의 영감이 반짝인다.'

이러한 말들이 전하고자 하는 것처럼, 물질적 풍요와 오감五感을 자극하는 감각들로 나를 가득 채워버리면 영성은 흐려지기 마련입니다. 더군다나 새로운 창조의 영감은 빛을 발하기 어렵습니다.

오히려 텅 빈 자연 속에서 오감 너머의 감각이 열리고 새로운 나를 만날 수 있습니다. 넓디넓은 하늘을 바라보다가 끝없이 흘러가는 강물을 바라보다가 뜻 모를 새소리에 감탄하면서 나도 모르게 긴 숨을 내쉬고 나면 복잡하고 어지럽던 주파수가 고요해집니다.

자연 명상은 0점을 찾기 위한 최고의 방법입니다.

요즘 유행하는 '미니멀리즘', '비우기'처럼 굳이 이름 붙이지 않더라도, 조금 모자라게, 조금 불편하게, 조금 돌아가고, 조금 느리게 생각하고 행한다면 마음의 빈 곳이 자리할 수 있겠지요. 늘 이렇게 마음 한편에 공터를 열어두면 좋겠습니다.

오감을 충족시키려는 욕망이 고요해질 때 비로소 새로운 영감이 내면을 충만하게 하고 영성을 빛나게 합니다.

오늘 여러분의 영성이 오감 너머에서 어떻게 반짝이고 있는지 궁금합니다.

하나가 되면
내가 가는 길이 더 넓어진다

'하나 되기'는 간절한 열망으로, 때로 어려운 숙제처럼, 때론 정해진 운명처럼 찾아옵니다.

대자연 속에서 생명의 질서와 '하나' 되려 할 때, 사람들과 조화롭게 '하나'의 팀이 되어야 할 때, 내 의식의 한계를 넘어 인류의 지혜와 '하나' 될 때는 언제일까요?

나의 실체를 알아채지 못했을 때 '하나 되기'는 나를 내려놓는 것이며, 내가 사라지는 것인 줄만 알았습니다. 하지만 나의 진정한 실체를 깨닫고 보니, 하나 되기는 본래의 순수함이 회복되는 것이었습니다.

순수함이 회복되는 것은 작은 것은 없어지고 큰 것
만 남는 것이 아니라, 있는 그대로 모든 것이 공존하
는 것입니다. 너와 나의 길이 같아지는 것이 아니라, 내
가 가는 길이 더 넓어지는 것입니다. 그래서 하나 되는
순간은 아름답고 큰 감동으로 다가옵니다. 소중함으로
존재하며 선택한 길로 끝까지 나아갈 수 있게 합니다.
하나 되기 위하여 기꺼이 내 품을 다 내어주는 헌신,
조건 없이 품어주는 따뜻함이 그 마음을 더욱 밝고 귀
하게 합니다.

　　하나 됨은 강요할 수 없고 가르칠 수 없기에 인내하
고 기다립니다. 하나 되기는 이미 하나임을 알아차리
는 것, 알아차리는 순간 기뻐하고 감사하는 것입니다.

　　오늘 여러분의 '하나 됨'은 어떤 것이었으며 그 하나
되기를 통해 얼마나 성장하고 밝아지셨는지 궁금합니
다.

기도합니다

어떤 마음으로 기도하나요?

사람들은 미래가 불확실할 때 기도로 많은 것을 청합니다. 걱정 가득한 마음과 미래를 서성거리는 불안함으로 기도한다면 기도가 끝나도 마음의 평온은 찾아오지 않고 현실에 발 딛는 것은 여전히 힘겨울 것입니다.

저에게 기도는 마음의 지도입니다. 지금 여기, 현실에 굳건히 뿌리를 내리고, 희망으로 길을 찾아가는 것이 '기도'입니다. 현실이 너무나 처참하고 고통스러울 때, 그때야말로 신념을 굳건히 하여 희망부터 선택해야합니다. 희망은 마음의 지도를 환하게 밝혀줍니다.

간절함으로 선택한 마음의 지도, '기도!'

여러분은 어떤 기도를 올리고 계시는지 궁금합니다.

글멍
수첩

지구 명상여행

여행을 하면 다른 공간을 통해 기분이 환기되고 새로운 눈이 떠집니다. 실제 공간 이동이 없더라도 명상 속에서 의식이 확장되는 방법이 있다면 매력적이겠지요?

… ∘ …

숨을 고르고 감정이 잔잔해지면, 의식의 눈으로 현재 내가 있는 공간을 찬찬히 떠올려 봅니다. 숨이 더 깊어지면 더 멀리까지 주변을 떠올려 보세요. 집에서 내가 사는 동네, 우리나라, 공간이 점점 더 넓어져서 지구가 한눈에 보일 만큼 의식의 눈을 확장시켜 봅니다.

이제 지구 전체를 떠올리고 지구 속에 살고 있는 나를 가만히 바라봅니다.

상상을 통해 지구의 크기만큼, 지구의 시간과 공간만큼 의식이 확장되면 알 수 없는 용기가 샘솟아 두 주먹에 힘이 들어가고 머릿속이 환하게 밝아지면서 새로운 길이 보이게 됩니다.

힘겨운 난관을 만나고 한계에 부딪히면서 좋지 않은 감정과 생각이 쓰나미처럼 일어나 인생의 핸들을 놓쳤다면 지구 명상을 하세요.

지구만큼 큰 의식으로 확장되면 지금 나의 고민과 한계는 작게 느껴질 것입니다.

지구 명상여행을 통해 지구의 생명 에너지로 나를 다시 채워보세요.

만 월 도 전 에 세 이

글멍, 내가 자유로워지다

초판 1쇄 발행 단기4356년(2023) 5월 8일

지은이   만월 도전
그림   만월 도전

펴낸이   이현정
펴낸곳   내 영혼의 아침 밥상
인쇄   원기획앤프린팅
         서울시 중구 충무로 13 엘크루메트로시티 613호
         02-2278-6735

전화   043-740-9961

ISBN 979-11-983117-0-2
값 15,000원

* '내 영혼의 아침 밥상'은 도서출판 선의 출판 브랜드입니다.